CARTOGRAFIA
DE ANIMALES CELESTES

colección andanzas

ENRIQUE RENTERÍA
CARTOGRAFÍA
DE ANIMALES CELESTES

1.ª edición: julio de 2003

Diseño de la colección: Guillemot-Navares
Reservados todos los derechos de esta edición para
© Tusquets Editores México, S.A. de C.V.
Campeche 280-301 y 302, 06100, Hipódromo-Condesa, México, D.F.
Tel. 5574-6379 Fax 5584-1335
Fotocomposición: Quinta del Agua Ediciones, S.A. de C.V.
Aniceto Ortega 822, 03100, Del Valle, México, D.F.
Tel. 5575-5846 Fax 5575-5171
Impresión: Editores, Impresores Fernández, S.A. de C.V.
Retorno 7-D Sur 20 No. 23, Agrícola Oriental, 08500, México, D.F.
ISBN: 970-699-076-3
Impreso en México/Printed in Mexico

Para Vicente *Leñero* y Guillermo Arriaga,
a mi hijo, que veía vacas en el cielo,
y para Vale.

De aquí se sigue que imaginar un mundo simétrico, equilibrado por un liso espejo, amenazado de vórtices, fuegos y signos inmersos en el Arco Iris, nos llama a esperar la libertad de nuestro reflejo. El alma, al no tener de sí misma un conocimiento adecuado, ni de su cuerpo, sino sólo confuso y mutilado, según el orden externo de la naturaleza, descubre que no está sola. No ser *una alma*, provoca en la imaginación el vértigo de otra que nos desgarra con su luz. Y al no percibir nada que la diga o la proclame falsa, entonces, en esencia y aunque sea idea equivocada, ensueño, o efecto óptico, como el Arco Iris, es verdadera.

Baruch de Spinosa.
Tratado del Arco Iris
1667

Lanzaban fuegos artificiales, iluminaban los cielos y catapultaban a animales por el aire: jabalíes, cerdos, ciervos, cualquier cosa, y los hombres intentaban cazarlos con sus armas mientras describían un arco a través del cielo.

Charles Bukowski.

Al limpiar con un trapo húmedo el cristal que cubría un paisaje marino hecho de plumas, Oralia apoyó la rodilla en la banca. Algo le estorbaba y encontró un libro. En su portada se extendía una nube roja que amenazaba con cubrir una ciudad nocturna. Aquella mancha tenía ojos de pulpo celeste con tentáculos de fuego. Miró alrededor: faroles con signos luminosos, plantas de plástico, una pecera de luz negra, televisores. Trató de recordar a quién había atendido en esa mesa. Desde otro gabinete con dragones de madera tallados en las esquinas, un hombre delgado la miraba fijamente tras unos lentes enormes. Se acomodó la falda y volteó hacia la caja. El dueño del local, con ojos rasgados, volteaba páginas de un periódico que parecía impreso con las letras de cabeza.

Sin saber para qué, guardó el libro en su delantal, junto a la libreta de cuentas del café de chinos.

A veces, en los gabinetes de dragones dorados, ella o sus compañeras encontraban algo que algún cliente olvidaba. Sombrillas, bolsas, bufandas. Una vez encontró siete postales de volcanes con dedicatorias extrañas.

Tenían orden de entregarle todo al señor Wu, por si regresaban a pedirlo.

Mientras limpiaba la pecera donde se movían unas carpas fosforescentes y una anguila anaranjada, el hombre de lentes no le quitaba la vista de encima. Oralia empezó a sentir que el libro era de plomo. Su peso le quemaba el muslo. Casi regresaba al gabinete donde lo halló para abandonarlo de nuevo. Pero el hombre pidió su cuenta y se fue.

Entre los televisores encendidos en canales diferentes y gritos de una pareja que pedía un tenedor acabó su turno. Oralia entregó cuentas para recibir su parte de las propinas. En el pequeño vestidor se quitó el uniforme para ponerse su pantalón de mezclilla, mirando el libro sobre un banco. Entonces se dio cuenta de por qué la atraía. En las madrugadas, cuando no había clientes, el señor Wu les contaba leyendas a sus empleadas. El rojizo pulpo celestial le recordó una, en la lejana China, miles de años atrás. El emperador Ou Li, estaba molesto porque los atardeceres no eran lo suficientemente rojos en su reino. Entonces mandó colgar bolsas de cuero rellenas de sangre contra el cielo, tensó su arco y él mismo las atravesó con flechas para que enrojecieran el ocaso.

Cuando entró otra mesera, escondió el libro bajo su desgastada chamarra negra. Se despidió rápidamente, y salió del café llamado Ou Li en honor del antiguo gobernante.

Se alejó entre calles solitarias que olían a fruta podrida. La llovizna resbalaba en las cortinas metálicas.

Llegó a un oscuro jardín, dominado por los altos muros de una iglesia cuyos nichos vacíos parecían abandonados por sus santos. Pasó junto a la fuente apagada que tenía un tritón carcomido al centro.

Empujó el portón descarapelado del viejo edificio, cruzó la oscuridad y subió, subió y subió. Una escalera de cantera, otra de madera, hasta llegar a la azotea por la de hierro tembloroso.

Cruzó tendederos y tinacos donde vagaban todos los gatos de la noche. La llovizna desapareció de repente. Jaló un alambre para abrir la puerta metálica. Se quitó la chamarra, sacudiendo el agua de su cabello. Encendió la lámpara sobre un huacal pintado de verde, y se dejó caer en el colchón, sobre las cobijas amontonadas.

Observando la portada, semejante al cielo ensangrentado del emperador chino, el título la hizo pensar que tal vez era de ciencia ficción. Se emocionó. No leía mucho. Pero le gustaban las historias acerca de invasiones a la tierra desde lejanas constelaciones, de universos paralelos, de fantasmales ciudades sumergidas, de seres retorcidos con tentáculos o zombies cósmicos de más allá del tiempo. Tocaron a la puerta.

Era una vecina que usaba tres delantales encimados y olía a humedad. Había recibido un telegrama y se lo entregó. Oralia le dio las gracias sintiendo un hueco en su vientre, contra el cual sostuvo el sobre hasta que la vecina se retiró.

Volvió a dejarse caer sobre la cama e hizo girar el sobre entre sus dedos, antes de decidirse a romper la orilla para leer aquel mensaje enviado desde el puerto de

13

Tampico: «Me estoy muriendo. Ven a verme. Por favor. Hospital regional, cuarto 907. Tu mamá».

Dos palabras le parecían subrayadas en color: «Por favor». Ella se las dijo siete años antes a su madre, desde la ventanilla del autobús que la traería hasta la ciudad de México. Todavía estaban en el andén. Pero su madre se alejó de la terminal sin voltear a verla, y Oralia, que entonces tenía veinte años, no pudo gritarle ni una palabra más.

Cuando encontró ese cuarto de azotea, lo primero que hizo fue mandarle su dirección: «Calle de las Delicias 177, Centro», era un reclamo o una súplica. No estaba segura. Le empezó a escribir cartas que llenaba de preguntas que su mamá nunca se atrevía a contestar. A veces le llegaba una respuesta donde le contaba chismes de las vecinas o le decía que el río había estado a punto de desbordarse. La correspondencia disminuyó hasta desvanecerse desde hacía ya dos años. Ahora le llegaba un telegrama urgente, con ese «por favor», devuelto a tantos años de distancia.

Sentada en la orilla del colchón, sacó del fondo de una vasija con forma de oso polar, crayones, lápices y unas monedas que juntó con las propinas. No era suficiente para viajar. Aunque si no pagaba la renta esa semana le alcanzaría para el boleto.

Salió del cuarto. Empujó a un gato atigrado que descansaba encima de un tinaco de asbesto, y trepó para remover la tapa. Se quitó su pulsera de conchas marinas en tira de cuero. La sostuvo entre los labios. Jaló un cordón para que surgiera del agua una bolsa de plástico fo-

14

rrada en cinta de aislar donde guardaba el rollo de billetes para la renta. Los contó mientras caminaba entre ropa colgada que reflejaba las calles luminosas.

Había imaginado muchas veces el momento en que su madre le pediría regresar a Tampico, siempre diferente en su fantasía. A veces era una carta cariñosa. Una llamada a la tienda de la esquina, que no recibía llamadas. Una postal con caballitos de mar, que un marino le entregaba en el café. Una botella azul con mensaje flotando en la fuente del tritón. Un gato que de pronto hablaba con la voz de su mamá. Incluso esperaba ver su cara sonriente a la puerta de su cuarto.

Nunca se imaginó que fuera porque se estaba muriendo. No la recordaba quejándose de ninguna enfermedad, ni del mínimo dolor. La recordaba contenta, bailando una canción de Benny Moré.

Se acercó a la barda. Dejó caer la bolsa rasgada con tiras de cinta negra a un callejón con una montaña de basura. Del otro lado de la calle se alzaba una inmensa torre color gris rata, con radares y antenas. Le parecía una medusa gigante que podía aplastar la ciudad. Se puso la pulsera marina y tarareó *Cómo fue*, mientras giraba entre las prendas mojadas. Los gatos la ignoraban. Menos uno, Esfinge. Un gatito blanco con una oreja negra, que la acompañó maullando hasta que Oralia se metió a contar su fortuna.

El dinero era suficiente. Miró a su alrededor. En los muros nada tenía colgado. Únicamente había dibujos que ella trazaba sobre el aplanado sucio: caras incompletas de mujeres lobo, una navaja, un rinoceronte con alas. Su obra más acabada era el emperador Ou Li, bañando de sangre al cielo. Lo imaginaba con largos bigotes de mandarín, ojos de ranura y bata adornada por un dragón, copiado de una caja de té. Sostenía su arco en tensión a punto de soltar una flecha al horizonte.

Tragó saliva y volvió a leer el mensaje como si pudiera desvanecerse en cualquier momento.

Guardó su escasa ropa y sus casetes en un saco de lona con correa, al que le había escrito con plumón: *John Lee Hooker es Dios.*

Al recoger cepillos y cremas en el baño de paredes con salitre, se miró al espejo de bordes cubiertos por el óxido: pómulos marcados, piel pálida y ojeras que hacían más claros sus ojos color miel tras largos insomnios. Cabello negro y largo. No se gustaba.

Después de desnudarse se tragó unas pastillas para dormir. Acostada boca arriba, observó el techo donde un inquilino anterior había pegado papel estaño arrugado. Recorría los pliegues para ver montañas y valles con lagos en miniatura, cuerpos mutilados o animales inexistentes. Por un momento ella estaba encima del mundo plateado, luego volvía a estar debajo.

Estiró su mano y abrió el libro al azar. Leyó algo que la inquietó. Al sentarse para releer lentamente, pues el somnífero le alargaba el tiempo, buscó un lápiz y subrayó una frase que le parecía bastante relacionada con su vida.

Si bien en las madrugadas el señor Wu casi siempre les contaba a sus tres meseras desveladas acerca del emperador que quiso cambiar las leyes de su reino y las del cielo, otras veces sacaba el *Libro de las Mutaciones*, realizaba un ritual de monedita y lograba tenerlas atentas a frases misteriosas de unos tales *hexagramas*.

De esa adivinación –un juego para ella– que nada más la divertía –pues nunca lograba comprender cosas como «abismal», «aquietamiento» o «luz oscura»–, Oralia sacó la idea de usar el libro encontrado para sus revelaciones particulares. Abrirlo al azar y dejarse atrapar por alguna, como la que había subrayado y hablaba de lo negro que era el mundo. Su madre no quiso verla durante siete años; ahora, muy enferma, le pedía por favor que acudiera a su lado. Eso era tener un negro sentido del humor.

Volvería a Tampico.

Se levantó muy temprano. De un envase de cartón sirvió leche en un plato. Su único amigo, Esfinge, dormía bajo un tinaco encima de tres gatos pardos. Lo acarició y dejó el plato cerca de aquel peludo colchón.

Con su saco de lona en la mano llegó al café para avisarle al señor Wu que tenía que viajar. Un mozo le secaba la barriga a un Buda recién lavado. Olía a detergente. Wu siempre estaba ahí sin importar la hora. Oralia bromeaba con las otras meseras, asegurando que era un robot *made in Taiwan*. Se acercó a la barra y el chino, después de escucharla atentamente, sacó dinero de la caja para pagarle la semana completa.

Vicky, una mesera que siempre le platicaba de un hijo enfermo, la sorprendió al alcanzarla en la esquina y entregarle en un paliacate una pequeña cooperación para el viaje. Habían juntado unos billetes apresurada-

17

mente entre las demás. Oralia guardó el dinero sin saber qué decir ante la sonrisa comprensiva de Vicky. Si algo la inquietaba era el afecto que las personas podían mostrar inesperadamente. Se alejó del Ou Li por el jardín tapizado en flores lilas de las jacarandas. Tres mujeres viejas, con pañoletas cubriendo sus cabezas, platicaban en una banca. La fuente con el tritón sonriente le salpicó la cara con su brisa.

Caminó a una estación del metro. Al transbordar en La Raza cruzó un oscuro túnel con lámparas moradas. En el techo, Oralia contempló las constelaciones del hemisferio norte. Cada astro tenía su nombre. Le gustó Aldebarán, en la constelación de Escorpio, su signo. Miraba los diagramas que unían las formas de cangrejos, centauros y héroes míticos. Unas jovencitas en uniforme de secundaria la arrastraron y siguió avanzando.

Compró su boleto en la Terminal Norte, invadida de puestos de revistas donde los periódicos mostraban fotos de un volcán en erupción. Se arrojó entre gente cargada de maletas para buscar la sala de abordar. Sentada, con el saco de lona sobre las piernas, en espera de su salida, tuvo una extraña sensación: un vacío en el estómago de una mujer que va a regresar de un largo destierro desde la lejana estrella Aldebarán.

Para tener una visión negra del mundo hay que haber creído antes en él.

A la mañana siguiente volvió a leer lo que había subrayado en el libro. El autobús ya cruzaba el puente Tampico sobre el río Pánuco. Antes de que dejara esa ciudad, la gente tenía que cruzar en una panga jalada por cable que a veces se rompía y dejaba a la deriva autos y pasajeros. Ahora, al regresar al puerto donde había nacido, lo hacía por un enorme puente que se elevaba a cien metros de altura.

Todo parecía una miniatura desde esa distancia. La refinería con pequeñas crestas llameantes. Los muelles, el edificio de la aduana, largos mástiles de barcos con banderitas de lejanos países. Un buque tanque empujado por transbordadores. Y más allá, la línea plateada de la playa.

Desde la central camionera se dirigió al hospital regional. El calor le pegaba la ropa a la piel. Una deforme escultura oxidada de una madre cargando a un bebé señalaba el acceso a la torre de especialidades. Entró al fresco aire acondicionado y una enfermera le indicó cómo llegar al cuarto. Siguió una raya amarilla en el piso por largos pasillos. Se le mezclaron olores de vendas usadas y medicinas al detenerse ante la puerta. Abrió. Encontró un bulto quieto en la cama. Su madre agonizante. Siete años sin verla. La robusta mujer estaba consumida. De no ser su alma, nada podía sostener aquellos treinta y dos kilos.

Su madre era toda de cáncer en los huesos.

Oralia apenas se atrevía a ver ese pálido cuerpo, al que le habían cortado la médula espinal para que sufriera menos. En sus brazos delgados le inyectaban suero fosforescente, como de neón.

—¿Mamá? —susurró, segura de que su voz lastimaba.

La mujer abrió los ojos desde muy lejos y la encontró con su mirada del mismo color que la de ella.

19

—Oralia —dijo con la voz de una niñita. Extendió el puño para darle algo y abrió los dedos. Oralia estiró su mano, su mamá le dejó caer en la palma un papelito rosa.

—Encuéntrala y dile que me morí.

Oralia guardó el papel en su bolsillo sin desdoblarlo. Sentada al lado, observó a su madre: dormía envuelta en la bata descolorida, el cabello ralo, pintado de rubio, las raíces negras. Tenía la piel manchada, las mejillas hundidas y su respiración era muy lenta. Durante la adolescencia, siempre que le decían cuánto se parecía a su mamá, ella brincaba y lo negaba. Esa semejanza le parecía una ofensa.

Ahora no podía quitarle la vista de encima. Descubría que todo lo que se puede hacer ante una madre que agoniza es observarla sin que sirva de nada. Al limpiarse una gotas de sudor de la frente, se dio cuenta que la chamarra le provocaba el efecto de un baño de vapor. Se la quitó y se cambió la camiseta empapada en sudor por una limpia que traía en el saco de lona. Asomada por la ventana contemplaba una palmera meciéndose lentamente, cuando sonó una aguda alarma del aparato con pantalla junto a la cama. Se acercó a su mamá, respiraba agitada. No tardó en entrar una enfermera morena y joven, que le pidió salir de inmediato, un médico que llegó corriendo examinaba a la paciente.

Oralia se recargó en la pared del pasillo, donde flotaba aroma de alcohol. Tenía el papel rosa y húmedo en la mano, leyó en letra temblorosa un domicilio: Eleven Wood Drive, San Marcos, Texas.

El médico, con un gesto ensayado, le confirmó que su madre había fallecido. En silencio esperó afuera hasta que dos ordenanzas salieron con el cuerpo cubierto por una sábana en una camilla. Le dio miedo volver a verla. Cuando le entregaron el certificado de defunción en la oficina del hospital lo puso junto al papelito rosa y el telegrama, entre las páginas del libro donde estaba la frase sobre la negra visión del mundo.

Su mamá dejó instrucciones para el caso de su fallecimiento y en la funeraria Zamarrón estaban avisados. Así que Oralia se limitó a firmar permisos. Contempló desde lejos el entierro pagado por el gremio de vendedoras en pequeño. Se refugiaba del calor igual que los cangrejos, en un mausoleo en forma de concha. No quería que la vieran las amigas de su madre, quienes se encargaron de todo el servicio funerario esa misma tarde, sin velorio.

Después de que los enterradores cubrieran la tumba con arena y quedara sola, Oralia se acercó a ver el túmulo cubierto de flores. Luego se dirigió al Cascajal, la colonia de los muelles. De la bolsa de su mamá que le entregaron en el regional, sacó las llaves frente al portón de madera. Su infancia y su adolescencia habían transcurrido ahí. Un nudo en las tablas semejaba un cuervo. Cuando estudiaba secundaria lo remarcó con la punta de un compás y su mamá la regañó por el grabado. Le dio gusto encontrarlo. Pasó los dedos por el contorno del pico abierto.

Entró.

Ahí estaba la vieja consola inservible, conservada desde los años setenta, y la mecedora que su madre sacaba en las tardes para platicar con las vecinas, quienes también instaladas en mecedoras extendían sus abanicos. En las paredes ya no había retratos familiares; las fotos de playa o de fiestas de cumpleaños sólo dejaron la huella de sus marcos.

Revisó cajones de la cómoda y nada encontró de valor. Del clóset descolgó vestidos y blusas, se probó algunas. Le quedaban enormes. Eran de una mujer que se desvaneció en unos meses con una dirección en cada puño. La enfermera morena le contó, mientras firmaba papeles, que su dirección en México se la había entregado su mamá para enviar el telegrama. Oralia tenía la otra dirección para entregar un mensaje. Si quería llevarlo tendría que vender el refrigerador, la tele, todos los muebles.

Al anochecer acomodó el ventilador frente a la cama y alzó la mirada al distante techo de lámina que cubría los dos enormes cuartos de vecindad. Una vez, cuando era niña, un huracán se llevó la techumbre y dejó al descubierto las vigas de madera. Cuando su madre la despertó, pues debían irse a un refugio de inmediato, lo primero que vio Oralia fueron las estrellas; y luego escuchó al viento metiéndose bajo sus sábanas.

Recordaba que al poner los pies en el piso se le hundieron en el agua helada del río en plena crecida, que su reflejo ondulaba sorprendido.

Oralia casi no durmió esa noche y, al día siguiente, tardó en comprender al despertar que estaba en casa de su mamá recién fallecida.

Se fue a la playa.

Al bajar del tranvía escuchó el leve rumor de la marea tras unos pinos doblados por el viento marino. El mar azul verdoso era un recuerdo congelado que volvía a ella con el sudor en su cuello y en los muslos. Se adentró en él, pisando conchas entre las olas que sintió frías al principio, se hundió con un clavado. Años sin nadar, pero el cuerpo no olvida. Dejó que el suyo flotara bocarriba bastante tiempo, hasta que la piel le ardió.

Más tarde recorrió una planicie de arena blanca y fina que hervía bajo sus pies. Encontró las ruinas del criadero de caimanes, un tobogán por el cual bajó corriendo entre las curvas de colores pálidos. Cuando era niña todo eso funcionaba. Se podía alimentar a pirañas en peceras arrojándoles pedazos de atún. Escoger una jaiba viva para comérsela asada.

Alejándose de las dunas, caminó hacia la línea de piedras en la bocana del río y por el malecón hasta la plataforma del faro. Miraba a los pescadores que con sus redes acumulaban peces plateados en las rocas, incluso una mantarraya enorme. En la revuelta conjunción del agua dulce y la salada, las toninas saltaban en grupos. Unos barcos petroleros, inmóviles en el horizonte, seguían ahí, cuando el cielo empezó a enrojecer, desde el otro lado del mundo, donde la gente anda de cabeza, un emperador chino lo desangraba.

Siete años antes su mamá la había corrido de su casa. Cuando menos lo esperaba, le pidió que regresara, sólo para verla morir. Ahora Oralia se sentía enojada con ella por querer lanzarla a una búsqueda con su último aliento: «Encuéntrala y dile que me morí».

La sensación de enojarse con alguien a quien ya no podía reclamarle era extraña. Podía volver al café de chinos, con grasa en sus tuberías, paisajes de plumas y clientela trasnochada. Vicky y su hijo enfermo, Wu y sus monedas con un hueco cuadrado. A su cuarto de la azotea donde los gatos vigilaban su insomnio, sobre todo el pequeño Esfinge, y una medusa gigante, o podía ser la flecha de una muerta.

Se compró un raspado.

Mientras sorbía el hielo con sabor a rompope, sacó de la bolsa de playa, su elegido *Libro de las Mutaciones* y consultó al azar.

¿Silencioso? Sería difícil describir aquella calma. Todos los ruidos humanos, el balido del rebaño, los gritos de los pájaros, el zumbido de los insectos, el estruendo que forma el fondo de nuestras vidas, todo eso había desaparecido.

Le dio risa. Parecía una postal del futuro.

Mientras el autobús Flecha Roja intentaba alcanzar la velocidad del sonido rumbo a Matamoros, las tortugas tronaban bajo sus llantas. Cientos de ellas, nacidas por designio de la Gran Madre Tortuga del lado equivocado de la carretera, eran guiadas por su instinto de orientación a una muerte prematura.

La ley de Euzkadi según Oralia. Y sabía que aún las esperaban gaviotas y albatros delirantes de hambre en el golfo.

Asomada por la ventanilla, un violín metálico en su *walkman* acompañaba la constelación de caparazones ensangrentados. Metió su cabellera agitada y se recargó en el asiento. Prefería ignorar aquella matanza.

Sobre un mapa doblado, su dedo recorrió nueve centímetros en triángulo desde Corpus Christi a Houston. Encontró el pueblo: San Marcos, Texas. Existía. Podía llegar en un Greyhound desde Brownsville.

De entre las hojas de su libro, sacó el certificado de muerte para leerlo, como si fuera posible dudar cuando se muere la propia madre: «Edad cuarenta y siete años… nacida en Guadalajara». Oralia sabía que nunca había regresado a su tierra. «Paro cardiaco irreversible por mieloma». Eso era quedarse en los huesos, casi sin poder respirar y con el dolor total en todo tu cuerpo indefenso. Le mentó la madre a la ciencia médica y partiendo el acta en trocitos los arrojó por la ventanilla para celebrar con confeti el sacrificio terrestre de las tortugas marinas.

La terminal de Matamoros era más fea de lo que aparentaba. Selena y los Barrio Boyzz ambientaban los deseos de hombres y mujeres de todas las edades, por pasar al otro lado, cruzar la frontera:

«Dondequiera que estés, recuerda
Dondequiera estaré a tu lado, te pienso y te siento
Dondequiera que estés
Siempre seré tu primer amor.»

Oralia seguía el ritmo con la punta de su bota, comía papas y bebía un refresco Squeezze sabor hierro, sentada en un asiento de fibra de vidrio, rodeada de paisanos con miradas desconfiadas. Volvió a encontrar esas miradas en la línea de la aduana internacional, llena de letreros en dos idiomas y nuevas restricciones. Las filas de personas eran tan largas como los puentes. Por encima del sudor de la gente dominaba el aroma de naranjas recién peladas por manos nerviosas.

Fue su turno de pasar a la garita. Un aduanal gringo que revisaba pasaportes escaneó en la computadora el número de la tarjeta fronteriza de Oralia. Una *greencard*, todo un lujo que su mamá le había conseguido desde niña. El gringo le advirtió que caducaba en un año, y preguntó si llevaba más de diez mil dólares. Oralia le aseguró no llevar esa cantidad. El gringo terminó su rutina con un: «Disfrute su visita», antes de dejarla pasar por el registro electrónico.

Cruzó el puente de cemento sobre el río Bravo, que estaba convertido en un arroyo casi seco por la calurosa temporada, bordeado con planchas metálicas, decoradas con pintas cholas y barreras de mallas.

Caminó por territorio tejano y llegó a la calle principal de Brownsville, llena de tiendas para fayuqueros que se movían en grupos. Se sentó en la misma banca donde años antes esperaba a su madre que compraba camisetas en Penny's.

Una de aquellas veces recuerda haber platicado contenta con un negro muy viejo que se refugiaba del calor en la misma banca. A Oralia le interesaba practicar su inglés, aprendido poco a poco y sin escuela. Llegaron agentes de la migra y le pidieron su pasaporte, simplemente por molestar. Les enseñó su tarjeta. Empujaron al negro, ordenándole que siguiera su camino, y éste, humillado, bajó la cabeza. Ella se enfrentó a gritos bilingües con los tipos de uniforme verde, que cuidaban tanto una banca de madera. Ya se acumulaban los mirones: gringas de pelo lila, cholos divertidos, norteños de sombrero, cuando apareció su madre y la jaló lejos de ahí.

Caminaron por una calle sin tiendas bajo la brillante luz del mediodía. Ambas iban cargadas con pesadas bolsas de plástico, llenas de ropa. De pronto su mamá se detuvo, giró, y con el impulso le dio una cachetada para confundirle el sol y su rostro furioso.

–Nunca vuelvas a platicar con negros.

El ardor en la piel de su mejilla tenía algo de vergüenza y color de *blues*.

Desde Tampico se viajaba al norte. Pero ese día, a los quince años, descubrió que apenas se llegaba al sur.

Cuando el Greyhound partía el desierto tejano en la noche, bajo lunas intermitentes, Oralia sacó del bolsillo de su chamarra el frasquito con pequeños chochos. Leyó la etiqueta para entretenerse: *Passival. Para algunos casos de falta de sueño. Contiene: passiflora, valeriana, ignatia amara.* Se tragó tres, se quitó las botas y desabrochó sus jeans.

Aunque le era casi natural moverse entre límites, nacida junto al mar y cerca de la frontera, viviendo entre agua y tierra y dos idiomas, desde hacía siete años no distinguía del todo el día. La noche se le volvió insomnio constante. Aprovechó las desveladas trabajando de mesera en el turno de noche, pero el cansancio de pasar horas de pie a veces le volvía pesado el cuerpo. Vicky le sugirió consultar al patrón. Así, aconsejada por el chino Wu lograba inducirse al sueño por homeopatía. Dormía pesadamente y no soñaba, o no recordaba sus sueños desde hacía mucho tiempo.

Deseaba tener el poder del gran Ou Li para conquistar las noches más largas del insomnio. Imaginaba al emperador cuando ordenó liberar miles de cuervos desde jaulas inmensas para cubrir el sol con un eclipse de pájaros sobre su palacio. Imaginaba la noche en que hizo elevar cientos de faroles de papel encendidos en papalotes gigantes con espejos para iluminar sus aposentos.

Invertir el día. Ganarle a la noche.

Tratando de recordar si ella había inventado esa leyenda o era una de las contadas por Wu, se durmió.

Luego de detenerse en la terminal, el conductor la despertó y le entregó su saco con el nombre *blusero* de Dios. Fue la única pasajera que bajó. El autobús partió de inmediato para Austin, por una larga línea de pavimento y nubes de polvo amarillo que vibraba en el clima caluroso.

Parpadeó y se frotó los ojos para leer un letrero azul que indicaba: San Marcos Texas.

Al entrar en la estación de tabique rojo, además del aire acondicionado y bancas vacías pintadas de verde, descubrió una gran vitrina horizontal. Curiosa, se asomó por el vidrio que protegía una pintura de trazos delgados. Estaba realizada sobre una fina capa de tierra, piedritas y distintas arenas de colores, turquesa, rojo y amarillo.

Era muy libre y geométrica. Los trazos la fascinaron. Representaba, con espirales y líneas quebradas a cuatro cuervos que rodeaban a una tortuga sobre el mar.

Un letrero en inglés y español explicaba que era una pintura sagrada de los indios navajos fijada con goma.

Realizada por un *hatali*, o curandero, la medicina pintada con arena ejerce su poder curativo al ser destruida ritualmente.

«Los cuatro cuervos llegan del norte, sur, este y oeste. Sus colores, Negro, Azul, Amarillo y Blanco representan a los cuatro vientos. Llevan en sus picos polen, fuego, maíz y lluvia, los cuatro materiales para crear al mundo sobre la concha de la tortuga, que recibirá en un primer resplandor a la primera mujer, Astse Estsán, caída del cielo.»

Mientras leía se colocó a su lado un hombrecito calvo y de ojos grises. Le sonrió con cara de maestro: camisa de manga corta y corbata negra. Oralia asintió sin saber por qué.

Era el aburrido boletero quien al verla tan interesada, decidió explicarle que observaba una leyenda india de la creación, probablemente tergiversada por un mal traductor. Aprovechó para burlarse de una tal Caravana del Arte Indígena Americano, que dejó esa muestra de auténtica artesanía en un lugar donde los navajos nunca habían vivido, pues se encontraban en territorio wichita.

Oralia le dijo que ella dibujaba, pero no podía lograr esos trazos tan delicados y firmes en sus dibujos, le parecían muy hermosos. Eso no se podía negar, admitió el calvo observándolos y pasando un dedo sobre el vidrio como remarcando una espiral.

Era la última obra de un curandero navajo llamado Nansipu, quien había renegado de su tribu.

Oralia volvió a asentir y le preguntó por la calle Wood Drive.

El hombrecito la guió a un mapa en el muro, donde estaban señalados sitios cívicos de San Marcos, lo revisaron pero nada más abarcaba el *downtown*. Él tronó los dedos de pronto. Le aseguró que su solución eran Mallory y su automóvil azul. Una especie de taxista. Lo podía encontrar al otro lado de la plaza frente al hotel Wichita Caves.

Mientras cruzaba la plaza de árboles pequeños y secos, vio un edificio blanco de columnas largas, bandera de Texas en el asta y nubes posando para la foto. Pequeñas tiendas con aparador, unas cuantas camionetas y unas niñas rubias que comían helados mientras paseaban en patines de ruedas luminosas.

Un rótulo vertical anunciaba Wichita Caves Hotel con letras en forma de cactus. Frente al edificio de tres pisos y ventanas con equipo de aire acondicionado, encontró un Chevrolet 52 en perfecto estado, pintado en azul pastel. Un hombre enorme de pelo blanco, crecido en mechones sobre el cuello de su camisa de franela a cuadros, increíble de aguantar bajo el sofocante calor, limpiaba el parabrisas con un trapo húmedo. Usaba una tira de cuero trenzada sobre su frente y amarrada en la nuca. De reojo observó a Oralia mientras avanzaba hacia él por la banqueta.

Un indio navajo con mirada de niño.

Ella se le acercó con la chamarra colgando sobre su hombro y el saco de lona en la mano. Le preguntó si era Mallory. Él asintió y ella le enseñó el papel rosa con la dirección. El indio se fijó en la pulsera de conchas al tomarlo. Inclinó su cara de piel curtida por el sol, cubierta de arrugas que delineaban cada rasgo como una escultura a rayas. Entrecerró los ojos y después de leer se lo devolvió para concentrarse en la limpieza del cofre y sus molduras.

Dejando el saco en la banqueta, Oralia observó por el ventanal del hotel. Un televisor blanco y negro encendido, un sillón desocupado de cuero verde, un ventilador girando.

De manera brusca, Mallory le preguntó que si iba a subirse al coche o no.

–Conozco la calle, no el número. Aquí la gente le pone a su casa el número que prefiere.

Subieron al auto. El motor del Chevrolet producía un suave ronroneo, el interior era tan reluciente como por fuera. Y mientras se encaminaban a las colinas, Oralia descubrió que efectivamente, en todas las calles, al número dos podía seguir el cien o el seis, sin orden lógico.

Se alejaron de tiendas prefabricadas y aparecieron casas antiguas de madera, otras de adobe. Sin prisa, Mallory le señalaba uno que otro edificio: la Escuela de Artes… el cine Westlane… el bar de Ely. Al subir las colinas, los jardines frontales mostraban arbustos secos. El desierto dejaba sentir su calor sofocante dentro del auto a pesar del aire acondicionado.

De pronto el corazón de Oralia se agitó como si llevara dentro una pelea de gatos. Al ver en un poste la placa de Wood Drive le entraron ganas de que un cuervo le robara su memoria. La numeración seguía saltando caótica. Pequeñas escalinatas conducían a las casas colina arriba. Mallory se detenía cada media cuadra para que Oralia subiera y bajara escalinatas de lajas o cemento, buscando el once. En una escalera encontró a una mujer pelirroja y despeinada cargando a un bebé mongoloide. Acariciaba su enorme cabeza como a una mascota, mientras aseguraba no saber del número once. Oralia estiró la mano y acarició el mechón de pelo sedoso del bebé que la miraba con ojos azules e indiferentes.

Al subir otra pendiente un aroma animal llenaba el aire.

Avanzaba por un sendero, escuchó un resoplido y al mirar alrededor descubrió a un búfalo, flaco como un perro enorme y mechudo, de ojos saltones. Jugueteando, el búfalo embistió contra la malla de alambre que vibró ruidosa e intacta. Lanzó otra embestida con sus cuernos, torciendo la cabeza. Se alejó y mordisqueó el pasto, mientras giraba su cola.

El sudor escurría por la espalda de Oralia bajo la camiseta. Volvió sobre sus pasos, asustada y sintiéndose tonta, para subirse al auto, tan pálida, que Mallory indagó con un «¿Nada?».

–Un búfalo.

Durante medio minuto circularon calle arriba sin decir algo más. De pronto, Mallory dejó escapar una carcajada que la sorprendió, no parecía un hombre capaz de reír así.

Oralia no tardó en reírse también. Su rostro se relajó por primera vez desde la muerte de su madre. Algo atorado desde meses antes, o años, no la había dejado reír. Ahora en el asiento trasero se apretaba el vientre y pataleaba tirada de costado riendo locamente. Aún jadeante por las carcajadas, le dijo a Mallory que buscaba a alguien que no veía desde hacía siete años, ni siquiera sabía si eso le importaría a la otra persona. Él aseguró que sólo había una manera de saberlo.

—Yo sé dónde se encuentra el número once.

La calle remataba en una planta de luz rodeada de pasto seco. Mallory dio vuelta en u. Para Oralia siete años no podían durar un día más, si iba a entregar el mensaje era el momento.

—Aquí ya estuvimos. Arriba está mi amigo el búfalo.

Mallory le indicó que siguiera junto a esa malla metálica, en un recodo encontraría una casa pequeña de dos aguas. El once. Bajó del coche y le dolió el vientre, quería creer que por el ataque de risa. Se encaminó pendiente arriba. Tras la alambrada, sobre la hierba seca pudo ver una pequeña alberca de hule inflado. Tenía agua y una pelota magenta flotaba al impulso del aire cálido.

Del búfalo únicamente percibía su aroma triste.

Tras unos arbustos llegó a la casita con puerta de mosquitero polvoso. Del interior surgía música de salsa. Un número once brillaba plateado. Oralia jaló un cordón que hizo sonar una campana. Esperó y volvió a tocar. Nada. Se dio cuenta de que le temblaban los muslos. Insistió. Lentamente abrió la puerta una jovencita de fleco. Sus ojos claros estaban enrojecidos. Oralia le preguntó por la persona que buscaba. La muchacha también era mexicana, estaba drogada y hablaba pausadamente. Tenía un mes de vivir ahí, sola. Estudiaba en la Escuela de Artes. La invitó a pasar.

Aquella estudiante de teatro, descalza, con *shorts* deshilachados le contó que, según la mujer que le alquilaba, quienes habitaban antes la casa, eran una pareja bastante conflictiva. Lo único que dejaron después de destruirle todos los muebles era una foto pegada en la puerta, la cual fue a buscar en la recámara. La guardaba para reconocerlos y llamar al alguacil en caso de que volvieran.

Mientras la escuchaba revolver cosas, Oralia miraba un casco nazi, sombreros anchos y carteles en los muros. Una cara que se disolvía en mancha de sangre anunciaba CALÍGULA. La estudiante regresó con la foto en una mano y un cigarro de mariguana recién encendido en la otra. Enmudeció al observar la fotografía y luego a su visita.

La semejanza entre las dos mujeres le resultó inquietante.

Oralia tomó la Polaroid. En la imagen una jovencita rapada y con un arete en forma de anzuelo se abrazaba a un albino de pelos parados y guitarra eléctrica en la mano.

Cuando preguntó a su paisana si se la podía llevar, colocándola ante sus ojos, ella volvió a mirar la foto, parpadeó y se fijó en Oralia. Si cortaba su pelo a rape y pintaba sus labios de morado, ella y la del retrato eran la misma persona.

Mientras regresaba de cualquier sueño de marihuana en el que hubiera estado, la estudiante asintió ansiosa para que su visita se desvaneciera. Sin ganas de darle explicaciones Oralia salió, para alivio de la jovencita, quien puso el seguro de la puerta y una canción a todo volumen: *La rosa de los vientos*. Oralia reconoció el inicio al alejarse.

¿Quién dijo que la risa de tanta alma joven tiene que emigrar?

Mientras bajaba, el búfalo bebía agua en la alberca. Agitó sus orejas al oírla pasar. Mallory limpiaba un espejo del coche. Le preguntó si había encontrado el número. Ella afirmó con la cabeza, un nudo en la garganta le impedía hablar. Le mostró la fotografía. El hombre entrecerró los ojos para ver a la joven sin pelo. Mallory conocía de vista a todos los que pasaban por el pueblo, aunque no supiera sus nombres. Le explicó a Oralia que al verla por primera vez, afuera del hotel, junto a su auto, creyó estar seguro de que ella era la jovencita de la imagen y que tan sólo había decidido ser otra. Total, él había sido indio y ahora era blanco. Aunque se dio cuenta de que no era la misma cuando le contó cómo la había asustado el búfalo.

Todos en el pueblo conocían al animal, pues era la mascota del equipo colegial de futbol. Contuvo sus explicaciones de las semejanzas. Oralia tenía lágrimas desbordadas, lloraba en silencio mientras miraba la foto.

–¿Por qué te cortaste el pelo? –le preguntaba al espejo *polaroid*.

La joven de la foto tenía la ceja derecha arqueada del mismo modo como Oralia lo hacía con la izquierda; y un pequeño lunar junto al labio superior en el extremo opuesto al de la boca de ella. No todas las personas pueden convivir con su imagen salida del espejo. Oralia no podía en ese momento.

Al oír un balbuceo, entre sollozos de la muchacha, Mallory acercó su oreja.

–Hace siete años que no la veía, siete años, siete –repitió con tanto dolor y tristeza, que el viejo le puso la mano en el hombro, en un gesto navajo de su existencia anterior.

Es lo único que se puede hacer cuando una mujer pierde a un hijo en un tornado.

Alquiló un cuarto en el *Wichita Caves*. Las paredes tenían un descolorido estampado de uvas guindas y doradas. Un pequeño cuadro con una cita evangelista aseguraba la cercanía de Jesús y debajo se veía el inevitable televisor con ranura para monedas.

Una noche. No tenía más dinero.

Sentada en la cama aproximó la fotografía a una lámpara en forma de cacto, dobló el lado del guitarrista albino para enfrentar a su semejante. Los ojos *polaroid* se fijaban en ella. Oralia intentó reconocerla a la distancia de sus miradas. Con el cabello cortado a rape la joven de la foto y con melena la real: un espejo a destiempo.

Abrió su libro I ching al azar, y lo que leyó le pareció perfectamente adecuado:

Tuve que explicarle que la única forma de mantener la paz entre los seres humanos era mediante la ignorancia recíproca y el desconocimiento.

Se desnudó. Bebió toda la jarra de agua: desayuno, comida y cena. Cuando era niña, al refugiarse del huracán en una escuela del Tampico Alto, cuando el hambre la invadía, su mamá le había dicho: «si tienes mucha hambre, no pienses en comida».

Acariciando los vellos de su pubis y pensando en cuervos y tortugas que cargan al mundo se quedó dormida. La luz del atardecer sobre su cara la despertó. Estaba sorprendida, pues sin usar el Passival, su insomnio vencido por cansancio la había hundido en un dormir denso durante casi doce horas. Al bañarse recordó un fragmento de sueño en el cual tenía plumas negras en lugar de cabellos.

Corrió la cortina de la regadera y, empapada, se aproximó al espejo para revisar su cabello enjabonado, esperando encontrar las plumas. No le quedó más que reírse de su idea.

Cuando bajó a entregar la llave en la recepción, el encargado, un joven pecoso y muy tenso le cargó un día más, pues ya pasaba de la hora límite. Eso o dejaba en prenda el saco de lona que le devolverían al pagar. Ella dejó a su Dios y salió a buscar el auto azul. Pero no estaba.

El día anterior, en su peor momento, cuando el navajo le pusó la mano al hombro sin que ella lo esperara, la confortó con aquello de perder hijos en un tornado. No entendía la comparación, pero Oralia se daba cuenta de que no tenía a nadie más en quien confiar.

Sentada en una banca sombreada del jardín vigilaba el hotel, esperando el regreso de Mallory; acalorada, se quitó la chamarra. Sobre sus piernas observó el *walkman*, unos casetes, el libro y la fotografía. Tal vez su madre estaría satisfecha. Había viajado para encontrar la dirección que le dio antes de morir. Simplemente no hubo a quién dejar el mensaje. Tan cerca de ese encuentro nada más obtuvo aquella imagen.

Rompió el papelito rosa. Sin dinero, tendría que conseguir trabajo para regresar a la frontera. Probaría en lugares de comida rápida, siempre necesitan meseras. La tarde no refrescaba, el calor vibraba sobre el pavimento, y decidió caminar calle abajo. Preguntó en tres sitios por empleo. No tuvo suerte.

Al avanzar por una calle lateral para buscar sombra, vio un anuncio: Ely's Bar. Entró a la penumbra de letreros de neón. Una botella enorme se encendía y se apagaba. En mesas y sillas de madera algunos parroquianos bebían cerveza.

Junto a las mesas de billar una mujer rubia y muy gorda acomodaba los palos cuando descubrió a Oralia. Al acercarse a ella, la sonrisa de bienvenida se transformó en un gesto de furia.

—¿Y entras tan ligera? —le gritó, agitando la mano con urgencia hacia un tal Tom que reaccionó tras la barra al escuchar su nombre, arrojando un bate a las manos de la gorda, quien lo atrapó en el aire con agilidad sorprendente.

Oralia apenas tuvo tiempo de mirar su mueca grotesca, la dura madera se le hundió por la parte más gruesa en el estómago. La dobló entre náusea, dolor y falta de aire. La gorda la jaló de la cabellera negra para empinarla sobre la mesa de billar, gritándole a Tom que llamara al alguacil.

Su fuerte brazo inmovilizó a la mareada joven.

El bate ya se alzaba para caer sobre la espalda de Oralia con toda la intención de quebrarle al menos una costilla, pero una mano lo detuvo en seco.

–Ella no es quien te imaginas, Ely.

Junto a la gorda se encontraba Mallory, deteniendo con gran esfuerzo el bate. Y con la cabeza doblada sobre el fieltro verde, Oralia alcanzó a ver sus enormes botas de tipo minero antes de perder el sentido y resbalar a los pies de Ely.

El zumbido en sus tímpanos se convirtió en una canción de estilo *country*. Un coro de voces repetía: *Take it easy, take it easy, don't even try to understand*, al ritmo de las punzadas en su estómago.

Tentó con la mano una superficie aterciopelada. Descubrió que estaba acostada sobre la mesa de billar. Abrió los ojos y se alzó sobre los codos.

En la barra distinguió a Mallory y a la gorda hablando en aparente calma. Su vientre le hervía de coraje, dolor y hambre, en perfecto balance.

Intentó ponerse de pie. Al verla perder el equilibrio, el navajo le ayudó a sentarse en una silla, mientras le aseguraba de nuevo a la mujer bofa, que Oralia no era quien ella creía.

Cual montaña en vestido floreado, Ely se inclinó sobre Oralia, lentamente, como si estuviera ante un animal peligroso, jurando que los años no le afectaban la vista y podía reconocer a un coyote por las manchas en su pelambre. El gordo dedo índice tocó el lunar sobre su labio. Oralia no se atrevía a moverse. La rubia admitió que ese lunar estaba del otro lado, lo que era imposible, a menos que no fuera la que recordaba.

Mientras la robusta gringa soltaba maldiciones respecto a las simetrías, al ver en la sonrisa de su salvador que la había convencido, Oralia sintió ganas de darle una patada a la cerda con bucles rubios. Pero ella se alejaba ya, ordenándole a Tom que sirviera tequila para Mallory y la «ilegal».

Al quedar solos Oralia y Mallory, cada uno contó su versión del suceso. Ella nada más intentaba conseguir trabajo en ese bar, sin imaginarse el recibimiento. Él circulaba en su auto cuando la vio entrar por casualidad: al seguirla, la salvo de una paliza.

–¿Y por qué me ayuda? Ayer ni me conocía.

El navajo simplemente sonrió. A Oralia, extrañada, no se le ocurrió otra cosa que pasarse los dedos por el vientre adolorido.

Mientras Tom servía las copas de tequila para pagar el golpe, la miraba como un ser llegado del espacio. Oralia le preguntó por su gemela. Él le contó que ella cantaba ahí, sobre todo los sábados, cuando el bar se llenaba de estudiantes; los agredía desde el foro y terminaban en grandes peleas con sillas y botellas. Ely la despidió una noche que le dejó caer un bajo a la cabeza del hijo del alcalde, y lo tuvieron que zurcir. Tom trazó con el índice una raya en su cráneo. En venganza, esa madrugada, la cantante y el guitarrista albino se robaron todos los instrumentos y desaparecieron.

Oralia le dijo al *barman* que acababa de enterarse de que su hermana cantaba, y en un grupo. Sonriendo, Tom se dirigió a la *juke box*, colocó una moneda y seleccionó una canción. Tras los primeros compases de un blues jazzeado, entró una voz femenina con fuerza:

«I don't want to be your slave
»I don't want to say your pray
»I don't want you beacuse I'm sad or blue
»I just wanna make love to you.»

Tom le preguntó si conocía ese tema. Oralia asintió entusiasmada. Era de Willie Dixon, pero no conocía esa versión y quiso saber quién cantaba. Se pasmó al enterarse de que era su hermana.

Un demo grabado en Memphis. Ely no lo retiraba, pues había jurado que, aunque fuera centavo a centavo, su gemela le iba a pagar todo lo robado. Oralia terminó su tequila y se acercó al aparato, hipnotizada por el brillo del disco compacto al girar y por aquella voz sin pulir que lanzaba desde el vientre todo su sentimiento.

Era blues.

Cuando terminó la canción, pidió una moneda a Mallory para repetirla. Mientras marcaba leyó en el cartoncito el nombre: Orixa Blues Band. Orixa era una palabra que fascinaba a su hermana, la había aprendido de un marinero brasileño. Sólo ella podía haber bautizado con ese nombre a una banda. Se le revolvía en su garganta lo sucedido siete años antes, quería desahogarse. O mejor aún, olvidarse.

Mallory le invitó otro tequila, y le aconsejó pedir algo de comer. Ella negó copa en mano y fue a repetir la canción. Se movía al compás cuando la música se cortó. Súbito y pesado silencio.

Ely tenía el enchufe en la mano. Un tequila y un blues, eso era todo lo que una «ilegal» podía obtener en su bar. Con el vientre ardiendo, Oralia lanzó un puñetazo que la gorda se quitó de encima con ademán de espantarse un insecto. La retó a intentarlo de nuevo, agitando sus dedos obesos.

Oralia cerró el puño, con la vista nublada ante el rostro gelatinoso, dispuesta al ataque, cuando Mallory la atrapó por la cintura. Ella simplemente se relajó con los brazos colgando. Ebria y semidormida.

Mientras Mallory la arrastraba desde el bar hasta el auto, para acomodarla en el asiento, entreabrió los ojos y susurró:

–¿La hice pedazos?

–Se salvó.

Y para ausentarse de una realidad donde no se podía desinflar a gordas inmensas, Oralia se durmió.

Cuando el calor la despertó tenía los cabellos pegados en la nuca. Adormilada, entreabrió los ojos. Pecesitos amarillos. Lo primero que vio fueron luminosos pecesitos amarillos. Intentó voltearse de costado. Algo rígido y metálico se lo impedía. Al alzar la cabeza descubrió más pecesitos amarillos. Flotaban en luz. Agua luminosa.

No tenía puestas las botas ni la chamarra. Logró sentarse para descubrir que estaba en el interior de una tina sobre un sarape descolorido. Los peces eran de una cortina de hule que la rodeaba. Cuando la deslizó, destellos solares hirieron sus ojos. Al erguirse sintió un fuerte dolor en la espalda entumida. Se frotó y salió de la tina. Los escasos muebles tenían protecciones de aluminio en sus contornos. El techo no era alto y el lugar parecía un horno gigante. Estaba en el interior de un remolque. Al fondo, un camastro cubierto con una colcha de rombos encima. Una tabla con bisagras como mesa, y encima un plato cubierto con otro. Un vaso, leche.

Iluminada por un domo, colgaba una máscara, al parecer de cuero y con plumas. Mientras se bebía la leche observó la pelambre negra, y el plumaje café con las puntas blancas de la máscara. Semejaba un ave sin pico, con huecos para los ojos, cosida con tiras de cuero. Era hermosa.

Unos dibujos en acuarela colgaban de un cordón. Paisajes desérticos, cascadas entre montañas y otros, de trazos geométricos, sencillos y firmes, que le recordaron la pintura de arena de la terminal.

Junto a la tina encontró sus botas, el *walkman*, su libro, y un mensaje con letras grandes: *Coma algo*.

Alzó un plato y encontró unos huevos con tocino que aún se mantenían calientes. Tomó el tenedor y devoró la mitad sin detenerse. Se terminó la leche.

La temperatura volvía denso el ambiente dentro del remolque, como en un invernadero. Al levantarse para abrir una ventanilla, descubrió afuera pedazos de automóviles y llantas apiladas entre arbustos secos. Retorcida chatarra de todas las marcas, en memoria de choques y accidentes, que cercaba el claro donde se encontraba la casa móvil.

Escuchó un lejano rumor de carretera y el silbido intermitente de un pájaro –¿o era reptil?– que Oralia desconocía. Entre bocado y bocado imitaba el sonido del animal, que a veces se cortaba bruscamente.

Después de lavar los trastes salió en *jeans*, camiseta, descalza y con su *walkman*. Cerca de las llantas apiladas la arena estaba caliente, pero no tanto como en una playa. Encontró una sombrilla rasgada pero no servía para darle sombra.

Se trepó a una avioneta oxidada que tenía una ala sobre los autos. Sentada en el desgarrado asiento del piloto contempló casas blancas en las colinas distantes: cambiaban de forma por el calor. La supercarretera era una lejana cinta plateada donde circulaban rápidos fulgores. El tablero de la avioneta estaba destrozado, el ala rota se inclinaba sobre la chatarra, parecía girar en pleno vuelo. Oralia puso las manos sobre el timón, con el forro de plástico decolorado. Imaginó ser la piloto que sobrevolaba aquel mar de desperdicios bajo un cielo tranquilo y sin nubes.

Su vientre lastimado por el bate aún le dolía.

Un lento sudor empezó a bajar por su frente, cejas y párpados. Lo que veía en su vuelo imaginario se convirtió en borroso espejismo. De su interior manaba un dolor creciente. Caía desde sus ojos por las mejillas en silenciosas lágrimas. Más allá de donde se imaginaba volar y podía elevarse con una ala, estaba su hermana gemela.

Escuchaba *Sweet Life Blues*. Uno de sus temas favoritos, cada vez más lejano y menos dulce.

Se arrancó los audífonos para escuchar otro sonido, semejante al del animal que había imitado. Brotaba de su pecho, ascendía por su garganta para ahogarla y se derramaba en sollozos. Las lágrimas salían de su cuerpo igual que el vómito en enfermedad: sin control y provocando convulsiones. La naturaleza ejercía su poder curativo después de siete años. Secó su rostro con el dorso de su mano y, mareada, lo limpió con su camiseta, empapada de sudor mezclado con su llanto.

Dejó de temblar por el violento desahogo, poco a poco, agotada, jadeando. El ardor en el vientre era punzante, tuvo que esperar unos minutos para que disminuyera.

Sentía que acababa de estrellarse en tierra. Bajó de las alturas, pisando con cuidado entre pedazos de metal. Al escuchar un siseó vio a un monstruo de Gila que calentaba sus escamas negras y amarillas sobre el cofre arrugado de un Mustang. Sacaba la lengua intermitentemente cerca de ella que, cautelosa, retrocedió unos pasos. Parecía un dragón. Oralia recordó una leyenda en la cual, al decidir las nuevas leyes del cielo, el emperador Ou Li dictó la prohibición de vuelo a los dragones amarillos. Según las cuentas astrológicas del señor Wu, ella había nacido en un año dragón.

–Nos partieron a los dos, tenemos prohibido volar –le dijo al lagarto que parpadeaba indiferente.

Oralia regresó al remolque. Decidió hacer limpieza para agradecer la hospitalidad del navajo. «¿Y ya saben barrer?», repetía su madre al ver a sus hijas preocupadas por el peinado o la ropa antes de irse a comer nieve al Globito. Buscó una escoba. Ella sabía barrer.

Mientras sacudía con un trapo muebles y alacenas, pensaba en su hermana. Tal vez debía buscarla. Aunque era difícil, por lo poco que sabía de ella: cantaba *blues*, causó destrozos, robó equipo de música y se fue a Oklahoma. Tenía su foto con el guitarrista albino. Además, no importaba para qué lado se moviera, al norte o al sur, al este o al oeste, necesitaba dinero.

Al terminar de limpiar, Oralia se sentó ante su libro y lo abrió al azar para decidir qué hacer.

IV

Un cuatro romano en medio de la página en blanco, eso fue lo que encontró. Intentó hallarle sentido: ¿cuatro cuervos? No pudo sacar ninguna idea reveladora.

Por la tarde regresó Mallory, al entrar se dio cuenta de la falta de polvo y del camastro tendido. Oralia regresaba con un dedo la cinta de su casete. Le entregó su saco de lona, lo había rescatado del Wichita Caves. Ella dio las gracias y luego le confesó que no tenía ni un dólar. Esa noche también la podía pasar en la tina, ya verían al día siguiente.

Le preguntó si él había pintado las acuarelas. Sí, la cascada, la montaña de rocas, las planicies desérticas, eran paisajes de Arizona que vivían en la memoria de Mallory. Entonces le señaló los otros dibujos, pues la intrigaban. Pasando su mano sobre ellos, el navajo le explicó que eran diseños, posibles dibujos medicinales si se llegaban a realizar con arena de color. A ella le gustaban, los comparó con la tortuga y los cuervos-cuatro-vientos de la terminal. El indio afirmó:

–Obra de Nansipu –y añadió al vuelo–. Nansipu es ahora Mallory.

Su nombre navajo significaba Ombligo de Tierra. Renunciar a ese nombre significaba su renuncia a curar como hombre sagrado. Negarse a las pinturas secas o altares de arena.

Oralia le preguntó la razón por la que ya no deseaba realizar curaciones con aquellas figuras. Mallory le contestó simplemente:

–Ya no tengo poder. Ya soy blanco.

Esa noche, Oralia usó pastillas de nuevo, se acomodó en la tina cerrando su cortina de pecesitos, y se sumergió con ellos en el sueño.

Mientras se desayunaban en silencio, Oralia sintió desatada su curiosidad ante el cambio del nombre de Mallory. Recién llegada a México se sentía tan mal con ella misma que también pensó en cambiarse el nombre y ponerse otro, pero jamás pudo hacerlo.

Ella era lo que era: Oralia.

–Dígame, ¿usted por qué decidió cambiar su nombre y además ser blanco?

Mallory comía un trozo de manzana recién cortado con la punta de un cuchillo y neutralizó toda expresión en su rostro. Bajó el pedazo de fruta para limpiarse la boca con una servilleta de papel. Al levantarse de la mesa comentó que debía hacer un servicio de transporte. No parecía estar ofendido. Sin insistir, ella indagó si servía la regadera sobre la tina.

El indio le entregó una toalla y jabón. Por un sendero, tras la avioneta, encontraría una poza con agua de lluvia: allí podía bañarse. Apenas se alejó el Chevrolet rumbo al pueblo, Oralia experimentó unas punzadas en el vientre. Se recostó en el camastro. Dormitó inquieta varias horas. Despertaba sudando, recordando pedacitos de sueños, sin poder juntarlos.

Por la tarde el dolor desapareció y se encaminó a la

poza. La encontró fácilmente. Tenía unos siete metros de diámetro. Un pequeño arroyo la alimentaba, para retomar su cauce al otro extremo y perderse en colinas bajas hasta un río.

Se desnudó en la suave pendiente de arena. El aire cálido del atardecer se paseaba por sus pezones y entre sus cabellos. Pudo ver el moretón cerca de su ombligo formando una figura sobre su piel. Una extraña orquídea.

El agua era de transparente tibieza. Se podía ver claramente las estrías de arena y unas yerbas acuáticas bajo la superficie. Pisó el fondo blando, avanzó hasta el centro, arrodillándose para hundirse hasta la cintura. Al tenderse bocarriba su pelo flotaba, como una planta marina negra, enmarcando su rostro mientras miraba al cielo, sin nubes.

De tan liso y azul parecía una piel.

Tenía que tomar una decisión: podía volver a la frontera o seguir adelante y buscar a su gemela para avisarle que su madre había muerto. Quizá Mallory tuviera dinero oculto en el remolque. Si lo encontraba podía partir de inmediato en su búsqueda. Un robo por necesidad. En el café de chinos a veces cometía pequeños robos al entregar los cambios; si algún cliente estaba muy borracho o distraído, le decía una cantidad mayor a la que entregaba y se guardaba unas monedas para sus gastos. Cuando ella y su hermana eran niñas, su mamá les daba dinero para comprarse galletas Pancrema embadurnadas de cajeta, corrían a pedirlas a una mujer que tenía una tienda improvisada en la ventana de su casa, se quedaban con el cambio y le mentían a su madre acerca del precio de las galletas.

Se lavó el cuerpo, frotándose con el jabón. Consideraba la posibilidad de ir a esculcar en el remolque y robar lo necesario. Sumergía la cabeza en el agua transparente cuando se dio cuenta de que era observada.

Los ojos amarillos de una coyote hembra de pelaje gris se fijaban en la mujer desnuda, mientras daba unos pasos cautelosos hasta llegar a la orilla. Se inmovilizó un instante. Olfateando el aire y segura de que Oralia no era de peligro, la coyote lanzó un breve aullido de aviso. Tras un arbusto seco aparecieron dos crías que pasearon alrededor de las patas de la madre, mordisqueándolas. Eran retozonas y ágiles. La hembra inclinó la cabeza y bebió sin dejar de observar a Oralia. Las crías la imitaron, sedientas.

Un cachorro se acercó a la ropa sobre la arena; husmeando, alzó con sus colmillos la camiseta y gruñó sacudiéndola. La madre se acercó para asegurarse que no corría peligro. Tomó al curioso por el cuello y lo obligó a soltar la prenda. Con breve gruñido lanzó una última mirada a la joven, y se metió entre los arbustos seguida de los pequeños, que aullaron contentos.

Oralia permaneció inmóvil como una piedra. Mientras se alejaban los animales, soltó el aliento, aliviada. Salió del agua sin secarse bien, para vestirse y alejarse de aquel lugar. La camiseta tenía hoyos de pequeños colmillos.

Al regresar al remolque abrió y cerró cajones y estantes mientras secaba su cabello. Encontró pinceles, lápices, papeles para dibujo. Plumas de ave acomodadas por tamaños y colores. Piedras de diferentes tonalidades y tierras en frascos. Herramientas o trastos, nada más. Al asomarse bajo el camastro encontró una cajita metálica. Un cubo que había guardado té. Al agitarla resonó un bulto en su interior. Quitó la cubierta de lámina con una ilustración labrada y coloreada de *Alicia a través del espejo*, una reina roja gritándole a la niña de rizos y vestido con delantal. Esperaba encontrar dólares enrollados.

Era una sandalia de ante. Tan pequeña que sólo podía ser de niño, estaba cosida hábilmente con tiras de piel entrecruzadas, la adornaba una sencilla greca azul turquesa sobre la superficie sepia. Le descubrió unas manchas oscuras. Intrigada, guardó la sandalia de nuevo. Dejó todo en su lugar.

No encontró ni un dólar. Si Mallory ocultaba algo, no estaba a la mano. Y se sintió desagradecida, intrusa.

Al anochecer, Oralia escuchaba el concierto del árido paisaje. Viento y coyotes acompañados a coro de todos los insectos del universo. Usando los materiales que guardaba Mallory, dibujó sobre papel de acuarela con lápiz de carbón. Trazó la mitad de un rostro femenino y la otra mitad era un reptil que se formó desde líneas al azar. Lo frotó con el dedo, y de la mancha derivó otra figura mitad cerdo, mitad nada conocido.

Intentó figurar al emperador Ou Li con sus largos bigotes, volando un cometa en forma de mariposa, pero se desdibujó también. Un coyote, el gato Esfinge. Todo se perdía en manchas. Fue acumulando hojas con formas indefinidas.

Escuchó el motor del Chevrolet y al asomarse por la claraboya de la puerta pudo ver que lo escoltaba una patrulla con su torreta encendida en rojo y azul. Los vehículos se detuvieron frente al remolque. Mallory bajó del suyo, y un comisario de sombrero blanco, del otro. Oralia presintió que aquella visita tenía que ver con ella. Se le formó un hueco en el vientre.

Sin sus botas, saltó por una ventanilla para caer en la arena, al momento que Mallory abría, empujado por el comisario, que usaba lentes oscuros a media noche. Mirando alrededor le preguntó por la ilegal. Contestó que la mexicana se había ido esa mañana. Al asomarse desde afuera, Oralia se dio cuenta que Mallory tenía sangre en la comisura de su boca.

El comisario jaló el cordón con dibujos que cayeron al piso. Al acercarse a la tina descubrió el saco de lona. Encontró unas pantaletas estampadas con flores lilas. Soltó una carcajada e insinuó que al indio le gustaba vestirse de mujer. De pronto le lanzó un puñetazo en la cara que tambaleó a Mallory sin derribarlo.

El viejo lo miraba en silencio. Oralia se dio cuenta de que iba a resistir todo eso y más por protegerla. Tenía que hacer algo para ayudarle.

Se tiró boca abajo en la arena fría, temblando, sin saber si era de miedo. Pensó rápidamente. Si entraba por sorpresa, podría pegarle al comisario.

Al arrastrarse y rodear al remolque, las piedras le raspaban los codos, mientras buscaba entre los pedazos de fierro alguno que pudiera usar como arma. Encontró un tubo de escape oxidado y lo empuñó de inmediato. Escuchó un fuerte golpe seguido de un jadeo de Mallory.

Se levantó y corrió a la puerta, pero al abrir, una anilla de acero se cerró sobre su muñeca. La jalaron con fuerza, al tiempo que le torcían el brazo para que soltara el tubo. Alzó la mirada y vio un sombrero gris. Era un agente de la migra, que la inmovilizó de rodillas. La terminó de esposar, mientras gritaba que tenía atrapada a su presa.

Una camioneta verde encendió sus luces, con su estrella dorada sobre el cofre. Bajó un segundo agente y en ese momento el comisario salió con Mallory quien intercambió una fugaz mirada con Oralia, antes de que lo subieran esposado a la patrulla. Oralia gritó que tenía tarjeta migratoria, en el bolsillo trasero de su pantalón. Un migra revisó la mica con una linterna. Lanzó miradas cómplices al comisario, que asintió. Entonces desgarró con los dientes el enmicado, para destrozar el permiso con las manos. Lo dejó caer y el viento lo dispersó.

Oralia trató de escapar inútilmente. El agente la empujó al interior de la camioneta. Le aseguró que ahora era una *ilegal alien*. Los llevaron a San Marcos. Al bajar a Oralia de la camioneta, la muchacha pataleaba enfurecida y les anunciaba cómo iban a morir: derretidos por una lluvia de meteoritos, devorados por un gusano gigante. El comisario bajó de la patrulla a Mallory, luego se acercó a la joven y le dio un golpe en la quijada aprovechando que era retenida por los agentes. Mallory protestó, pero el comisario amenazó con retirar su auto de circulación. Además, Ely la del bar, acusaba a la ilegal de robo. Eso convertía al indio en su cómplice. Metieron a Oralia con el cabello sobre su cara. Arrestaron a los dos.

Los pusieron en celdas separadas. Las barras mostraban diferentes capas de pintura, gris, verde, azul. En el muro un letrero en español que se repetía en inglés:

«Manténte fuera, manténte vivo.
»Patrulla fronteriza»

Unas horas después dejaron en libertad al viejo. Oralia permaneció arrestada toda la noche en la celda de barras verdes, frotándose el mentón, sentada en el catre, con una manta de cuadros sobre la espalda. No probó el sándwich de pollo ni un refresco en lata que dejaron a sus pies. Lo más que hizo fue pisar la lata con coraje, tratando de doblarla, sin lograrlo.

Mallory la esperó hasta el amanecer, recargado en el auto, con el saco de lona, sus botas y su chamarra. Antes de que la subieran a la camioneta que la devolvería a la frontera, ella lo vio al otro lado de la calle y trató de sonreír. Un agente de sombrero gris con escopeta en mano, le hizo una seña al indio de que podía acercarse. Al llegar a su lado, Mallory colocó la mano en el hombro de Oralia.

–Por aquello de los tornados –le dijo ella.

El navajo asintió. Oralia se puso las botas, y ya con su saco en la mano sintió ganas de darle algo. Tenía el libro con la portada de nube roja que semejaba un pulpo. Su I Ching particular. Era todo lo que podía dejarle.

Se lo entregó y le dio un abrazo a Mallory.

La camioneta empezó su recorrido y se detenía en pueblos con nombres como Devine o Artesia Wells, para llenarse poco a poco de indocumentados en ropa de trabajo manchada de sudor. Oralia se dio cuenta de lo tonto de su regalo: Mallory no hablaba español. Hubiera sido mejor dejarle el *walkman* y sus casetes favoritos, aunque no sabía si a los navajos les gustaba el blues, eso importaba menos que haberle dado el libro, la música se entendía en todos los idiomas.

Recordó a Vicky, la del café de chinos, ella le aseguraba que una mesera, sobre todo en la ciudad de México, tenía que escuchar música guapachosa o *La vida loca*. Se lo decía como si cometiera un pecado al escuchar blues o como si nada más los negros lo pudieran entender. ¿Un navajo entendía el blues? ¿Lo que le cerraba la garganta era el blues? En ese momento descubrió que también había dejado la foto de su hermana en el libro.

El balanceo dentro de la camioneta de una docena de ilegales tenía el ritmo del piano y la guitarra de Santana, que seguía la voz suplicante del doctor John Lee, curandero de almas perdidas: *El blues te va a curar*, cantaba. Al quitarse los audífonos y colocarlos en su cuello para darle vuelta al casete, escuchó un poderoso ritmo metálico.

La lluvia rodeaba la camioneta y la golpeaba furiosa.

Los campesinos, atrapados por no tener permisos de trabajo ni pasaporte, platicaban en un dialecto que Oralia no entendía. Sonaba dulce. Parecían tranquilos y bromeaban entre ellos, acostumbrados a ser devueltos una y otra vez.

Observó por la rejilla al chofer y al guardia con escopeta. Se tambaleaban frente al parabrisas, cada vez con menos visibilidad ante una tormenta en ráfagas. El cielo se oscureció, a pesar de que eran las tres de la tarde según el reloj del tablero. Las luces altas encendidas patinaban en el pavimento cubierto con una corriente de agua. Un migra le gritó al otro que se pegara a la cuneta: estaban atrapados a mitad de una tromba.

La lluvia se convirtió en granizo. La camioneta era un enorme tambor.

Cuando la jirafa apareció de pronto, Oralia gritó para advertir al chofer, que se distrajo un instante para alzar un trapo. La tupida granizada, más la poderosa inercia que revolvió los cuerpos al patinar el vehículo por la inclinada cuneta hasta pegar en el animal sonriente, ahogó sus gritos y los de sus compañeros.

Mientras la caja giraba dos veces sobre su eje y se golpeaban entre todos, Oralia trataba de entender por qué una jirafa reía a media carretera. Con chirridos de metal el movimiento se detuvo. Por la puerta trasera abierta de golpe como la tapa de una caja de sorpresas, entró la lluvia con fuerza sobre los quejidos. Dos indocumentados que recibieron el peso de otros cinco, estaban heridos contra la rejilla. Los demás treparon para salir. Uno ayudó a Oralia a brincar abajo. Entonces ella pudo ver el frente aplastado de la camioneta, donde los dos migras, si no estaban muertos, no podrían salir sin la ayuda de una grúa.

Estaba aturdida, la lluvia sobre su cara borraba todo a su alrededor. Sus botas se hundían, resbalaban en el lodo mezclado con pedazos de hielo. Le dolían un hombro y los muslos. Al pasar la lengua sobre sus labios probó sangre, brotaba de su nariz. Alzó la mirada entre el granizo frío sobre su cara para averiguar con qué había tropezado la camioneta antes de voltearse.

Un enorme trailer de circo. Ahí estaba pintada la jirafa contenta. Sus ojos enormes tenían pestañas azules. El transporte era el último de una larga fila de camiones detenidos a un lado de la carretera, con las luces intermitentes parpadeando.

En impermeables y cascos amarillos se acercaban corriendo varios hombres con linternas para ayudar a los accidentados. A Oralia se le figuraron hormigas amarillas.

Una hormiga le puso una cobija sobre los hombros. Señalando, le indicaba buscar refugio en otros vehículos detenidos junto a un campo de maíz cuyos tallos se doblaban con el viento. Oralia avanzó con dificultad, temblando. Pasaba junto a rejas de las que surgían rugidos de felinos, y chillidos de otros animales asustados, ocultos tras lonas atadas con gruesas cuerdas para que el viento no las rasgara.

Se detuvo. Su saco estaba en la camioneta. Regresó sobre sus pasos y lo recuperó.

Dos indocumentados se cruzaron con ella. Uno, con sangre en el cuello, le señaló con urgencia el campo, gritaba que se metiera en los sembradíos. Desaparecieron en diferentes direcciones, internándose entre las plantas. Entonces comprendió. Era la oportunidad para escapar de la migra. La cobija, cada vez más empapada, le pesaba. La dejó caer y corrió por una brecha.

La nariz le sangraba, pero el sabor salado se dulcificaba con la lluvia. Varias veces cayó entre el lodo que la cubría por completo. Se levantaba y seguía huyendo. Al jadear le ardía el pecho, mientras cruzaba el interminable campo sembrado. Llegó a una pendiente. Un canal de irrigación arrastraba en crecida árboles pequeños, tablas, una vaca muerta sin manchas y barro. La orilla era de cemento. Agotada, caminó sobre ella, cojeando, durante varios minutos. Arrastraba su saco. Una de sus botas patinó y al perder el equilibrio se hundió en el agua lodosa.

Cuando trató de respirar se atragantó del líquido amargo, el saco escapó de su mano. Estiró las piernas sin pisar fondo y volvió a hundirse; manoteó y logró emerger. Tosiendo para no ahogarse, se abrazó a unas ramas que pasaron flotando a su lado.

Se desmayó y flotó igual que la vaca.

El cosquilleo en su mejilla era provocado por una costra de barro. La otra mitad de su cara estaba hundida en el lodo húmedo. El sol tibio le calentaba la espalda adolorida. Había perdido la visión de un ojo. Iba a parecer un pirata.

No.

El cosquilleo en su mejilla era un parche de gasa cruzada con cinta adhesiva. La mitad de su cara se hundía en un cojín limpio que olía a lima. Una lámpara le daba calor. Sólo pudo abrir un ojo pues el otro descansaba contra la tela.

Sí.

Levantó la cabeza, le zumbaba. Con ambos ojos, pudo ver una recámara de muebles rústicos. Estaba en una mullida cama, cubierta por una sábana. Tenía puesta una ligera pijama de hombre, de rayas verticales. Entumida, se sentó, limpia y seca. Las cortinas con holanes, atadas con cintitas, enmarcaban la ventana, dejando ver un horizonte de colinas, perfiladas por la luz del ocaso o del amanecer. No tenía idea. Estaba confundida. Tocó el parche en su mejilla.

Escuchó un ruido acercándose. Fingió dormir. La puerta se abrió poco a poco.

Al entreabrir los ojos observó a una niñita rubia: abrazaba a un Snoopy de peluche todo mugroso. Cuando vio que ya no dormía, la niña, peinada de cola de caballo, con vestido largo y floreado, se acercaba en largos y calculados pasos. Alzó la patita del perro y la saludó.

Oralia contestó con un dedo.

La niñita salió corriendo para avisar que la enferma había despertado. Regresó a los pocos minutos con su mamá. En sus treintas, delgada, igual de rubia que la hija y con kaftán hippie.

Mientras ponía ante ella una charola con fruta en un plato y un vaso con jugo de tomate, la mujer se presentó como Leslie.

Oralia bebió un sorbo de jugo y les dijo su nombre, la niñita se anunció: Kathy Ann Corrrigan.

Alzó a su perro de peluche: Señor Nariz.

Deteniéndole el tenedor con un pedazo de melón, Leslie le sugirió que comiera despacio. Oralia se enteró de que había permanecido dos días sin sentido. Regresaban en su camioneta, bajo la lluvia, desde Seven Sisters, un pueblo cercano. Al cruzar un puente la niña le señaló que alguien flotaba sobre unas plantas. Leslie detuvo su camioneta y logró sacarla.

—Yo te vi, y mi mami te rescató —presumió Kathy Ann.

Leslie bajó la cabeza con modestia y cuando Oralia le dio las gracias le señaló en una silla su ropa seca. Los pantalones remendados, la chamarra, sus botas con salitre, su descolorida ropa interior, la camiseta negra, rasgada por dientes de coyote, unas calcetas limpias. El casete que escuchaba antes del choque: Papa John Creach.

Sin saber qué decir, Oralia le preguntó si conocía al blusero. Leslie negó con la cabeza. No escuchaban música y tampoco tenían tele. La dejaron sola para que se vistiera. Por la ventana crecía la luz del amanecer. La cabaña de Leslie estaba en medio de una planicie. Afuera, una *pick up* estacionada con una ola pintada en el costado y calcomanías de *surfing*. Charcos y ramas mostraban la fuerza con que la lluvia había pasado. Al cruzar la sala, observó algunos trofeos de *surfing* sobre una chimenea. Sobre olas doradas se deslizaban, en equilibrio, esbeltos bañistas a escala. Salió al pórtico, encontró recargadas al costado de la cabaña dos tablas de *surfing* cubriendo un equipo de aire acondicionado. Vio un pequeño invernadero de plantas comestibles. Caminó al lado del muro de cristal emplomado, protegido por hule transparente. Llegó a un criadero de conejos, que atendían madre e hija.

La niña la invitó a pasar.

Cuando les ayudaba a repartir alfalfa en pequeñas jaulas, Oralia intentó contarle a Leslie por qué flotaba en el río. Ella la silenció suavemente. No le preguntaba nada. Los conejos blancos mordisqueaban con avidez. A las siete de la noche comieron un guisado de calabaza. Oralia se lo comió hasta limpiar el plato. Le supo horrible.

Leslie llamó por teléfono al doctor Waissman que había atendido a Oralia cuando estaba sin sentido. Le avisó que ya había recobrado el conocimiento: le dolía el cuerpo levemente, nada más. Recibió instrucciones y colgó. Le cambió el parche de la mejilla. Tenía unos rasguños que necesitaban cicatrizar. En cuarenta y ocho horas podría quitarle la gasa.

Mientras sentía el alcohol sobre su piel, miraba a los *surfers* metálicos. La intrigaban por una simple razón. No importaban los kilómetros que se hubiera alejado flotando en el río, por Leslie ya sabía que seguía en el mismo condado.

Si algo quedaba lejos era el mar.

Kathy Ann sacó de su cuarto un enorme rompecabezas, vaciando las piezas sobre la mesa, para que Oralia le ayudara a armarlo. Mientras formaban con lentitud un mapa mundi, la niñita quería saber todo de Oralia. Dónde quedaba México, y Tampico, y su papá, y su mamá, cuáles eran sus nombres, a cuántos gatos conocía, y si ya conocía a uno llamado Esfinge, por qué no, otro de sus gatos se llamaba Morris, y si iba a la escuela, y si tenía amiguitas, novio, y si no tenía novio por qué no se conseguía a uno llamado Morris.

Leslie trataba de contener la avalancha de preguntas, y las justificaba ante Oralia. Su colegio estaba de vacaciones y no podía llevarla seguido a Seven Sisters, así que extrañaba a sus compañeras.

Cuando terminaron de armar la mitad del rompecabezas, las dos mujeres fueron al cuarto de la niña para acostarla. Estaba pintado de blanco, con un gran arco iris que cruzaba dos de los muros. Ya con su pijama, que era una larga camiseta con una mariposa impresa, su mamá la cubrió con una sábana y la niña le pidió a Oralia un cuento antes de dormir. Leslie le advirtió que ya no diera lata. Era tarde.

Oralia se sentó a la orilla de la cama y le tomó la mano a Kathy Ann, que abrazaba al Señor Nariz.

Entonces le contó acerca del emperador chino que quería tener el mar frente a su palacio. Como la ciudad real estaba a mil kilómetros del mar, mandó hacer un lago tan grande que los constructores del reino no terminaban de llenarlo. El barco del emperador, en el cual ansiaba navegar, permanecía tocando fondo. El reino estaba amenazado por la más espantosa sequía, la gente padecía de sed, pues todos los ríos cercanos fueron desviados para alimentar el lago del emperador. El líquido era más valioso que el oro.

En la costa, un pescador muy pobre se encontró una botella flotando entre las olas y al abrirla liberó a un geniecillo de seis brazos llamado Morris. Tenía el aspecto de un gato blanco con una oreja negra. Agradecido, pues llevaba un siglo encerrado, el genio ofreció cumplirle cualquier deseo. El pescador estaba enamorado de la preciosa hija del emperador. La había visto una sola vez en una ceremonia y desde ese día la amaba sin esperanza. Sabía que si le pedía a Morris que esa muchacha lo amara, iba a cumplir su deseo. Sin embargo, su pueblo sufría demasiado por el capricho del emperador. Así que pidió al geniecillo excavar un canal desde la costa marina hasta el gran lago, para que al fin se llenara: ese fue su único deseo. Con sus seis brazos, Morris logró en seis días y seis noches la hazaña. Al levantarse, el emperador se asomó a su ventana circular y pudo ver su barco flotando. El pueblo entero, incluida la hija del emperador, acudió para aclamar al geniecillo. Entonces Morris llamó al pescador, lo cubrió de hermosas vestiduras y explicó a todos su sacrificio. La hija del emperador se enamoró del apuesto pescador y solicitó permiso para casarse con aquel héroe de todo el reino. El pescador y la princesa vivieron felices paseando a la orilla del mar interior de China.

Kathy Ann se quedó profundamente dormida. Apagaron la lámpara y salieron con cuidado.

Leslie, maravillada, preguntó a Oralia si contaba cuentos para ganarse la vida. Cuando ella le dijo que era la primera vez que lo hacía y que era una historia escuchada de un tal señor Wu, Leslie no lo podía creer.

Tomaron un café en el pórtico, mirando las colinas del desierto. La noche luminosa se vistió de tibia llovizna. Leslie estaba segura de que la tromba, causada por un ciclón que había azotado la costa, a la altura de Isla del Padre, ya se había desvanecido tierra adentro. El calor regresaba, sofocante.

Le explicó con toda calma a Oralia que no era rica. Se las arreglaba apenas, vivía sola con Kathy Ann. Podría llevarla al día siguiente hasta Seven Sisters, regalarle diez dólares, y eso era todo. Más que suficiente, le aseguró Oralia a la mujer que le salvó la vida.

Acondicionaron el sofá de la sala para que Oralia durmiera ahí. No pudo cerrar los ojos. Escuchaba grillos, el zumbido del aire acondicionado. En la penumbra observaba una pequeña figura dorada sobre una tablita de *surfing*.

Surfear en la arena del desierto.

A lo mejor era el secreto de Leslie.

De pronto empezó a sentirse extrañamente eufórica. No la habían cruzado del otro lado de la línea. Recordó la advertencia en la celda y la adecuó para sí: *Mantente DENTRO, mantente VIVO.*

Durante el desayuno, Kathy Ann le preguntó de nuevo el nombre del emperador, y con Leslie se divirtió cuando la niñita intentó pronunciarlo. Terminó en *howly*.

El ruido de un tractor las levantó de la mesa; al asomarse por la ventana vieron llegar dos hombres de overol y sombrero, con herramientas. Saludaron, para de inmediato brincar y entregarse a reparar empalizadas, el invernadero, y daños menores. Muy sorprendida, Leslie confesó a Oralia en voz baja que era la primera vez que alguien del lugar la ayudaba. Oralia también colaboró en lo que pudo. Aunque se encajó una astilla en la palma de una mano.

Doblando un alambre con sus pinzas, uno de los hombres, rubio y flaco, que usaba guantes gruesos, preguntó a Oralia, quien sostenía una sección de cerca, cómo se sentía. Ella lo observó desconfiada. El hombre le aseguró que sólo quería saber. En el pueblo no se hablaba más que de su rescate.

–Me encontraron a la orilla del río.

Leslie se acercaba en ese momento con una garrafa de agua y el trabajador rubio la observó cual si fuera la mejor domadora de búfalos en Texas.

Cuando los hombres con amplias sonrisas, partieron en su tractor. Leslie le contó a Oralia, que desde que había llegado de California un año antes, cuando enviudó, la miraban como si fuera de China, aunque el papá de Kathy Ann era de Seven Sisters, ahora quién sabe qué se traían.

–A lo mejor hiciste algo que los impresionó.

La mujer se encogió de hombros sonriendo con ironía.

–¿Mermelada de naranja?

Más tarde las visitó el doctor Waissman, un judío cincuentón de lentes redondos, que auscultó a Oralia con su estetoscopio. Recomendó otro día de reposo. Imposible. Ella tenía que partir y le pidió al doctor que la llevara a Seven Sisters.

Las mujeres se despidieron en el pórtico. Kathy Ann le dio un beso y otro el Señor Nariz. Leslie le sonrió después de darle unos dólares. Se abrazaron, y subió a la *pick up* de Waissman. Mientras se alejaban, madre e hija la despedían con la mano, cada vez más pequeñas.

Oralia sintió un nudo en la garganta.

Al cruzar el puente de hierro donde Kathy Ann la

descubriera, el doctor se detuvo sin apagar el motor y le señaló el río Nueces.

–Ahí te rescataron.

–Me encontraron a la orilla del río.

Waissman negó con la cabeza.

–Esa tarde, Don, el alguacil, cuidaba el cruce del puente. La visibilidad era casi nula, a causa de la tromba y sus nubes negras. Con una linterna dio paso a la camioneta de Leslie, quien regresaba con su hija desde Seven Sisters, cuando la niña señaló que alguien flotaba en la corriente sobre unas plantas. Nuestra Leslie pasó a Kathy Ann por la ventanilla para dejarla en manos de Don. Te siguió a toda velocidad por la ribera lodosa, la camioneta patinaba y hacía peligrosas eses, pero logró adelantarse al caudal. Cuando vio que tu cuerpo se atoraba en un tronco semisumergido, detuvo la camioneta, se bajó y corrió a la orilla. Sin quitarse la ropa, metió medio cuerpo al río. Ella es una nadadora experta, y aún así estuvo a punto de ser arrastrada también. Se arriesgó para sacarte del agua turbia.

Oralia miraba la corriente. Se quedó callada, sin saber qué decir sobre la bondad de los extraños. Al llegar a la entrada de Seven Sisters, un espectacular de la patrulla fronteriza advertía a los indocumentados que se mantuvieran fuera. A la distancia el conjunto de calles, con casas de madera y almacenes parecía un pueblo fantasma.

Prefirió bajarse a orillas de la carretera. Waissman se alejó. Ella se arrancó el parche de la mejilla. Los rasguños le ardían. Tampoco tenía idea de qué iba a hacer, con diez dólares y un casete en el bolsillo de su chamarra.

Hizo autostop tratando de llegar a San Antonio. Caminó mucho tiempo por la cuneta con el pulgar alzado. Cada vez que veía acercarse torretas, o cualquier vehículo con pinta de la migra, se internaba entre sembradíos de trigo y se tiraba boca abajo. Luego avanzaba con la chamarra sobre la cabeza para cubrirse del sol. El primer vehículo que la llevó fue un trailer con un conductor hosco que no le hizo plática. La dejó en el cruce de dos carreteras. El segundo, lo conducía un señor de gorra beisbolera que escuchaba rock a todo volumen, sin dejar de manipular su radio civil buscando una señal que nunca logró captar. Ese hombre la bajó en una estación de servicio.

Compró una hamburguesa y entró al baño para tomar agua del lavabo. Mojó su cara y su pelo para refrescarse. Acarició las costras paralelas de su mejilla ante el espejo. Estaba quemada por el sol, su palidez habitual había desaparecido. Ya no le disgustaba tanto su aspecto.

Oralia consultó un mapa en la entrada de la gasolinera. Estaba en un lugar llamado Leming. Tras ella, un vehículo se estacionó sobre la grava. De reojo pudo ver una camioneta verde, nerviosa iba a alejarse, cuando el conductor, desde la ventanilla, le preguntó si faltaba mucho para llegar a San Antonio. Se tranquilizó, no se trataba de un agente. Era un mexicano de ojos claros, con camiseta de basquetbolista.

Menos de una hora, informó y le pidió aventón. El cuarentón abrió la puerta y ella subió. Rumbo a la carretera estatal, él se presentó: Manuel Aguilera. Tenía una curiosa cicatriz cuadriculada sobre el bíceps. Manejaba pegado al volante, tenso. Iba a un coto de caza en Arkansas, compraría una escopeta en San Antonio. Oralia no se contuvo para decirle que le parecía de lo más tonto matar a un animal indefenso. Se enfrascaron en una discusión sin salida, sobre cacería. A ella, lo de matar por matar, le parecía inútil. Recordaba a las tortugas aplastadas, a la vaca ahogada sin manchas, y cuando tras una helada encontró en la azotea a un gatito cachorro, tieso, bajo un tinaco. Parecía un pequeño tigre congelado. Lo tuvo que tirar en una bolsa de plástico a la basura.

Sobre todo, recordaba a su madre, un animalito cazado sin piedad por el cáncer.

Manuel le dijo que los rasguños en su mejilla parecían de un felino. Entonces, tal vez para impresionarla, le confesó que andaba huyendo. Había robado una pistola para matar a un jaguar en su jaula del zoológico. Oralia no dijo nada, sospechando que viajaba con algún afectado de la mente.

Circulaban por la estatal en ese momento, frente a un letrero: *Welcome to San Antonio*. Al descubrir una terminal de autobuses, Oralia le pidió que la dejara allí. Cuando el cazador detuvo la camioneta ella se bajó de inmediato. Manuel le dijo, como despedida:

–Nunca confundas a un jabalí con un *french puddle*.

Entró al local considerando si aquella frase era una revelación o tenía algún sentido oculto. Se acercó a una ventanilla donde vendían boletos. Su dinero no le alcanzaba ni para comprar el boleto más barato a San Marcos. Se sentó en una banca, el aire era fresco. Estiró las piernas y recargó su cabeza en el respaldo. Una amable voz anunciaba en dos idiomas llegadas y andenes. Todos los pasajeros eran latinos, con cajas de cartón atadas con mecates. Tuvo la sensación de seguir en una terminal del norte de México, de no ser por un agente de la migra que se asomaba por las puertas de vidrio.

Su presencia la obligó a salir a la calle para no ser vista.

Cruzó por largos y solitarios pasos de peatones sobre avenidas enormes. Regresó a la carretera cuando el sol se ocultaba tras unas lejanas torres de vidrio dorado.

De nuevo el pulgar alzado, hasta que el brazo ya le punzaba. Las luces de los vehículos la deslumbraban, temía que la atraparan sus perseguidores naturales, regresándola a la frontera. Exhausta, buscó refugio en una oquedad bajo un paso a desnivel, un nicho con la rejilla doblada. Se tendió en el concreto frío. Utilizó la chamarra como almohada y se durmió.

La despertó un rayo naranja. El amanecer entraba en el hueco donde había pasado la noche. Salió sacudiéndose la tierra, entumida, hambrienta. Bajó por la pendiente de concreto llena de pintas cholas, para volver a intentar el *raid*. Media hora después un trailer la llevó a San Marcos. El conductor, un negro tranquilo y amable, le ofreció café en un termo. Oralia bebió tres tazas. Su desayuno.

Descendió a medio kilómetro de la terminal. Rodeó el edificio de tabique rojo con la vitrina de los cuervos y la tortuga dentro. Cruzó la plaza, caminando cada vez más rápido, se dirigió al hotel Wichita Caves. Encontró el coche azul. No estaba a la vista el navajo. Se sentó en el cofre, contenta de regresar. Su corazón estaba acelerado.

Una pareja de gringos, con enormes sombreros de paja, cruzó ante Oralia y la miraron de reojo. Pasaron quince minutos, ella suponía que Mallory tenía que encontrarse cerca, o no estaría el coche. Se asomó por el ventanal con letras plateadas. Y entonces lo descubrió sentado en el sillón de cuero, con su camisa de franela y los brazos cruzados en actitud de jefe indio. Miraba la tele, donde la imagen en llamas daba la noticia de una explosión.

Mallory giró su cabeza al sentirse observado desde afuera.

Con la chamarra en la mano, Oralia parecía más delgada que siete días antes. Pálida, triple rasguño en la mejilla, ropa gastada, cabello sucio, mal acomodado a un lado de su cara. Ella misma pudo ver su reflejo en el vidrio.

Era un espejismo. Un espejismo que empezó a sonreír al reencontrarse con su amigo. Pegó la mano en el vidrio, Mallory se acercó y por dentro puso la palma ante la de ella, asintiendo, le sonrió también.

Oralia entró al vestíbulo. Y quedaron frente a frente, el indio parecía tan contento de verla como ella a él.

–Voy a Oklahoma, quiero buscar a mi hermana.

El navajo volvió a asentir.

–Lo que piensas es bueno, si fuiste inspirada por el espíritu bisonte.

–Vamos juntos a buscarla. Luego, usted puede regresar a Arizona con su gente.

Él estaba sorprendido por la segunda propuesta. No podía volver a su reservación con la tribu Halcón. Le explicó que mientras más se alejara era mejor.

–Hace falta un arco demasiado grande para regresarme a los míos –sentenció.

Y a medida que avanzaban, veía que todo había sido tocado por la lluvia o el viento que aquella tromba había lanzado por las calles de San Marcos. Algunos letreros dañados, tejados con secciones arrancadas, pequeños árboles atados en haces por bomberos y voluntarios que aún recogían ramas y escombros en bolsas negras. Un poste caído con sus cables rozando el pavimento. En las banquetas: barro acumulado que secaba el sol.

Cuando ya circulaban por un camino de terracería, Mallory abrió la guantera y sacó un mapa. Oralia pudo ver dentro el libro con el pulpo rojo. Le dio gusto que guardara su regalo en un idioma que no entendía.

El coche azul cruzó entre dos columnas de llantas enormes. Salpicando agua a los lados. Un pequeño estanque había crecido en un costado del remolque. La lisa superficie lo reflejaba, plateado e invertido.

Pisando entre charcos, subieron al remolque. Los dibujos colgaban de su hilo, la tina era custodiada por los peces amarillos. Y dentro nada parecía afectado por el clima furioso. Desdoblaron el mapa sobre la mesa, tocándolo con los dedos para encontrar la ruta a Oklahoma: casi 250 kilómetros de carretera.

Mallory propuso que partieran de inmediato para evitar al comisario, pues si la encontraba de nuevo en el pueblo no podía predecir lo que haría. Después de llevarla, él volvería a su vida de rutina en San Marcos. Oralia insistió en que la acompañara. Estaba segura de que no tardarían más de siete días. No podían intentarlo más tiempo, por falta de dinero. Incluso, sería un plazo límite, si en una semana no encontraba a su hermana o alguna pista para hallarla, se terminaba la búsqueda.

—¡Por favor! —le rogó; sabía que eran «palabras mágicas», raramente usadas por ella.

Él negó con la cabeza, dudando, como si la voz de Oralia tocara algo en su interior. Se levantó y dijo que le daría algo de dinero, para que pudiera seguir desde donde la dejara.

—Puede dejarme en la terminal —se levantó enojada para dirigirse a la puerta, antes de salir se detuvo, volvió sobre sus pasos y señaló los lugares con su índice sobre el mapa de Texas—. Desde que llegué a este lugar de numeración loca le diré lo que me ha sucedido: me bateó una gorda, me golpeó un *sheriff* que usa lentes oscuros a media noche, me encerraron en una celda, me estrellé contra una jirafa en una camioneta de la migra, fui arrastrada en un río de lodo, salvada por una *surfer* del desierto, le conté cuentos chinos a una niña, alimenté conejos con alfalfa, viajé con un asesino de jaguares, y usted... usted no quiere ni conocer Oklahoma. ¡Perfecto!

Mallory, sentado en una silla, la observaba en silencio. Furiosa, salió dando un portazo. Brincó dos escalones, una de sus botas resbaló en el lodo, pero mantuvo el equilibrio. Apresurada se subió al Chevrolet, cerró de otro portazo y esperó. Sentía tanta rabia que se mordió el labio inferior, se cruzó de brazos y presionó con los dedos sus bíceps hasta que le dolieron.

Abrió la ventanilla, el calor era insoportable. Pasados unos minutos, bajó sin hacer ruido y se acercó cautelosa a la claraboya para asomarse. Mallory se encontraba sentado en la misma postura en que lo había dejado. Miraba al frente sin ver nada en particular, totalmente concentrado. Ella retrocedió sobre los dos escalones metálicos. Limpió el lodo de su bota contra el borde de la puerta del coche. Se metió. Trató de acomodarse el cabello, se dedicó a observar los destellos de luz reflejados en aquella chatarra de todos colores. El ala de la avioneta parecía un espejo inclinado.

Mallory tardó quince minutos más en salir; se había puesto una camisa limpia –por supuesto de franela–, guardó una caja de cartón y su maleta en la cajuela. Entró de nuevo, para salir con la máscara de cuero y plumas. La acomodó en el asiento trasero, junto al saco de Oralia, quien observaba de reojo todos sus movimientos. Después de cerrar con cuidado su remolque, se sentó ante el volante y arrancó el motor.

–Se te olvida el susto del búfalo –comentó sin dejar de mirar el parabrisas.

Avanzó por el camino lodoso, que fue cruzado de pronto por un correcaminos enorme, corría en sus dos patas sobre un charco, apenas rozando el líquido. Oralia permaneció en silencio varios minutos, tratando de ignorar su comentario pero no pudo resistir más y soltó una carcajada al mismo tiempo que Mallory.

Para dirigirse a la supercarretera interestatal volvieron a cruzar las calles de San Marcos, vigilando que entre los pocos automóviles que circulaban no apareciera una patrulla. Al dar vuelta en una esquina, un kinder de madera blanca dejaba escapar un coro infantil desde sus ventanales rotos. Oralia alcanzó a ver, por encima de un tejado verde, el anuncio del bar de Ely. Las barras que lo sostenían se habían doblado y un bombero trataba de enderezarlo para que no colgara peligrosamente sobre la calle. Su vientre se ahuecó. Tenía ganas de entrar en el bar para darle, por lo menos, unas patadas a la gorda. Mallory aminoró la velocidad, se detuvo. Como si ella se lo hubiera pedido. Un camión de bomberos se encontraba estacionado frente al bar, muebles quemados o empapados se alineaban en la calle.

La noche anterior –le contó el navajo–, debido al aguacero, el anuncio de neón estalló, provocando el incendio. Por suerte, el lugar quedó vacío de inmediato y los bomberos lucharon contra el fuego hasta la madrugada.

Oralia descubrió la *juke box*, mojada pero intacta. Expuesta al brillo del sol sus bordes de colores la hacían parecer encendida. Los bomberos, ocupados en revisar el interior del local, no vigilaban aquel cementerio sobre la acera rodeado por cinta de plástico amarillo.

Cuando Oralia abrió la puerta del coche, Mallory le preguntó qué pretendía hacer.

–Nada –contestó.

Mirando a ambos lados de la calle, brincó la cintilla. Se acercó al aparato musical, levantó la tapa transparen-

73

te bajo la cual se alineaban por letra y número los discos plateados. Buscó rápidamente el que deseaba. Jaló el arillo que detenía el compacto de su hermana y lo sacó sin dificultad, aunque goteaba agua. Intentó secarlo con su camiseta pegada por el sudor mientras corría de regreso al auto.

Al subirse le pidió que acelerara de inmediato.

Dieron la vuelta en la siguiente calle. El navajo le aseguró que lo que acababa de hacer le recordaba a una nutria que robaba nueces en la reservación. Ella miraba el disco con los ojos húmedos. Lo dejó sobre el asiento a su lado. Entonces quiso averiguar si a Mallory no se le antojaba a veces hacer cosas locas, así, de pronto. Él lo pensó un momento y le dijo que, de hecho, debía hacer algo antes de partir.

–Menos peligroso –bromeó.

Rodearon la plaza, donde Oralia se dio cuenta que el asta estaba torcida y la bandera desgarrada.

Mallory detuvo el coche frente a la terminal de camiones. Le ordenó que lo siguiera. Oralia bajó con el compacto en su mano. Entraron en el edificio de tabique rojo.

Tras la barra el boletero calvo se acomodó sus anteojos y siguió con la mirada a la peculiar pareja. Al darse cuenta de que no iban por boletos, los alcanzó a largos pasos hasta la vitrina con el cuadro de arena.

–¿Sucede algo, Mallory?

El navajo no contestó, se veía enorme ante la pintura que él mismo había realizado. Oralia permanecía a su lado, el calvo del otro lado, expectantes. Parecían dos fieles que no saben para qué ritual han sido convocados.

–Ha-tá-li nó-ho-kos –exclamó, recorriendo con su mirada aquella creación del mundo, en polvos y piedritas de colores. Extendió los brazos ampliamente, para tomar con sus anchas manos ambos extremos de la vitrina. La alzó unos centímetros y le dio una fuerte sacudida.

La concha turquesa de la gran tortuga, los cuatro cuervos-viento, el polen negro, el fuego azul, el maíz blanco, la lluvia ocre, todo parecía derretirse. Las figuras finamente trazadas se alteraron, cambiaron de forma, se desvanecieron en un instante, para sorpresa de Oralia y del calvo.

Según el boletero, y estaba muy claro en el anuncio, aquello no podía suceder pues la arena se encontraba bien pegada. Oralia le señaló con el compacto en la mano la alfombra de tierra, una mezcla informe por la sacudida ritual del hombre medicina.

Además, el hombrecito se preguntaba la razón para completar al fin el rito, y desdibujar las figuras.

Mallory, quien durante los segundos que duró la disolvencia de la pintura volvió a ser Nansipu, observó la mezcla informe, en estratos y vetas de un planeta demasiado salvaje para tener continentes y océanos definidos. Dijo:

–Para curar al tiempo.

Mientras rebasaban en la supercarretera a un transporte repleto de cerdos que gruñían, Oralia pidió permiso a Mallory para encender el radio. Buscó una canción que le gustara. Cuando la encontró, siguió el ritmo pegando con sus palmas en los muslos, cantando en voz baja:

«Porque yo no tengo mapa de este mundo
»Porque yo
»Doy vueltas sobre el mismo punto»

Llegaron a Oklahoma city en la noche, circulando por redes de concreto imposibles de cruzar a pie. Ella no sabía dónde buscar, así que empezaron a detenerse ante bares con música en vivo. En la penumbra, entre espirales de humo y letreritos de neón que parpadeaban mostraba la foto de su hermana y el albino. Tras las barras llenas de espejos y botellas el *barman* negaba con la cabeza. También buscaba entre músicos aburridos que tocaban baladas *country*.

Bebieron una cerveza y comieron carne en un bar llamado Happy End. Ahí el grupo sonaba *dark*, decadente y apesadumbrado. El decorado del foro tras las oscuras figuras apenas en movimiento del guitarrista y el bajista, era una enorme foto de un edificio destruido por una explosión. Cuando los músicos tomaron un descanso, Oralia se aproximó para enseñarles la foto. Los tres, vestidos de negro, la observaron con el cuidado de encontrarse ante una investigación policíaca. Uno, pálido y de labios morados creyó que se trataba de una broma al descubrir el parecido de Oralia con la rapada de la foto.

Ya eran las tres de la mañana y no quedaba un sitio abierto, durmieron en el coche, para ahorrar. Recostada en el asiento trasero, con los brazos tras la cabeza, Oralia escuchaba la respiración pesada de Mallory, que dormía adelante. Miraba el halo que producía la luz de un poste sobre el vidrio. No se podía dormir, tenía esa sensación de llegar tarde a la noche, o como si la noche no la esperara. Cerró los ojos. Cuando los abrió habían pasado cuatro horas.

Los dos días siguientes volvieron a recorrer avenidas sin rumbo fijo, metiéndose a bares, buscando a su gemela, foto en mano. Dormían en calles solitarias, siempre en el vehículo. Oralia, tan obsesionada, apenas sí hablaba. La tarde del tercer día comieron hamburguesas. Mallory salió a ponerle aceite al auto y aprovechó para sacudirle el polvo con un trapo. Oralia comía unas papas cuando se sintió observada desde otra mesa. La miraban dos jóvenes. Rubios, de pelo largo y sudaderas de pirata con casco de futbol americano. Fastidiada, Oralia se levantó para ir al baño. Orinó, se arregló ante el espejo. Al salir, los rubios la observaban descaradamente. Se acercó para preguntarles si tenía monos en la cara.

Uno, de barba rala y anillo en la nariz, se sorprendió de que no lo reconociera después de acompañarla semanas con su grupo. Entonces notó que tenían un par de estuches de guitarra a sus pies: eran músicos. Ni siquiera trató de aclarar el equívoco. Les mostró la foto de inmediato. El del anillo le dijo que su hermana se había largado con toda la paga. Incluso abandonó al albino en un bar, estaba seguro de que ahí seguía tocando. Consideró que ya no tenía nada más que decirle a esa réplica de una cantante.

—Necesito encontrarla —suplicó Oralia—. Por lo menos dime el nombre del bar donde toca el albino.

Se levantó, estuche en mano, negando con la cabeza. En ese momento fue atrapado por una mano poderosa alrededor del cuello. El joven miró hacia arriba con temor y descubrió a Mallory, quien le pidió amablemente el nombre del lugar que ansiaba saber su amiga.

—E-el Flower Beast, en Stillwater —se atragantó el muchacho.

Oralia le dio las gracias y salió con su guardián, sonriendo. Se sentía protegida por primera vez en siete años, desde que se paseaba en la playa al amanecer con su hermana y no les importaba recorrer el solitario camino de arena.

Según el mapa, Stillwater quedaba a una hora de camino. Se desviaron de la ruta 64 y cruzando por campos de sembradíos, con trilladoras enormes moviéndose lentamente, llegaron a las cinco. Era otro pueblo semidesértico. Cuarenta grados a la sombra. Tras recorrer algunas calles, con tiendas donde se veían siluetas dentro, localizaron el bar. La puerta tenía forma de una enorme boca sonriente con colmillos. Oralia tocó. Nadie acudió a abrir. Leyó en un letrero que se daba servicio desde las siete de la noche. Tendrían que volver más tarde.

Para no meterse de nuevo al horno del coche y además para estirar las piernas, caminaron por una calle arbolada. Siguiendo una reja de hierro encontraron el gran atractivo turístico del lugar: History Train Museum.

Un museo donde las locomotoras se exhibían al aire libre, en un terreno sembrado de vías. Oralia propuso visitarlo. Mallory se resistió, pero ella rogaba tomando su mano para guiarlo como a un niño. Un vigilante vestido con uniforme de ferrocarrilero salió de una caseta que había sido roja, fastidiado por la interrupción de su siesta. Cobró las entradas y regresó a dormitar. Mallory caminaba desconfiado entre enormes máquinas metálicas de diferentes épocas. Mausoleos de hierro. Oralia se trepó en la cabina de una antigua locomotora negra, de chimenea alta. Hizo sonar la campana jalando una cuerda. Al ver que él se sobresaltaba, le preguntó si era una superstición de los navajos pisar un cementerio, aunque fuera sólo de trenes. Se inclinó y abrió el fogón; aún tenía pedazos de madera carbonizada. Al no recibir respuesta acerca de los cementerios se asomó desde arriba. Su amigo no estaba a la vista.

Extrañada, brincó a la vereda de piedritas, avanzó entre dos rinocerontes de metal, con ruedas más altas que ella, para encontrarlo enmudecido frente a la siguiente locomotora, una diesel color verde olivo con una raya naranja. De pie, en medio de las vías abría y cerraba los puños como si retara al monstruo a embestirlo.

Oralia se fue acercando a su lado y pudo ver su cara quemada por el sol contraída en un gesto de rabia e impotencia. Asustada lo llamó por su nombre, él la miro pero no pareció reconocerla. Cuando estaba a punto de llorar, Mallory se contuvo jalando aire con fuerza. Ambos miraron a la máquina, esperando un silbido rugiente para romper el pesado silencio que los rodeaba. Ladridos lejanos sacaron al navajo del lugar donde había hundido su mente. Abandonaron el panteón de trenes, sin que Oralia se atreviera a preguntar qué le había sucedido.

Sentados en el auto, Mallory pensativo y distante, Oralia sin voltear a verlo, esperaron a que se abriera la gran boca del bar. Poco a poco llegaban jovencitos, algunos con pantalones anchos y camisetas de colores chillantes, gorras con viseras hacia atrás que hacían difícil distinguir quién era hombre y quién mujer.

Cuando ella entró, el grupo tocaba a todo volumen un *cover* de rock pesado. Oralia observó a los cinco músicos de largas melenas, no tocaba ahí ningún albino.

Cruzó la pista donde bailaban algunas parejas frenéticas, como si fuera su última voluntad. Se dirigió a la barra, atendida por un hombre al que parecían sobrarle ojos. A su espalda, colgaba del techo una enorme boca de luz intermitente, que abría y cerraba, dejando ver en su interior una flor caníbal. Le enseñó la foto, y gritando el hombre ojos de calamar le dijo que habían tocado ahí, pero tenía meses que se habían largado. Oralia quería saber a dónde, pero el *barman* no tenía idea, dijo, mientras atendía a dos jovencitas rubias, de minifalda y blusas *stretch*, que pedían cervezas Bud.

Frustrada, le pidió un tequila. Lo bebió a sorbos, sentada en el banco alto, mirando alrededor. El grupo terminó la canción con ruido infernal. Oralia se les acercó para enseñarles la foto. No conocían a la pareja. Sin embargo le podían dedicar una canción, le coqueteó el cantante de barba. Ella les pidió una de sus favoritas de rock: *You've lost that lovin' fellin.*

Empezaron a tocar.

Sentada en una mesa cercana a la tarima, dando sorbos a su tequila, Oralia se pasaba la lengua por el labio superior y miraba al cantante que interpretaba la canción. Le gustaba. Cerca de ella, la pareja de jovencitas bailaba con sus miradas cercanas: una con fleco, tenía los brazos encima del cuello de la otra, que la enlazaba por la cintura. Parecían enamoradas. Oralia sintió envidia, le dieron ganas de subirse ante el micrófono y cantar, o de llevarse al cantante tras el foro y pedirle que la besara como al final de una película. Hacía mil años había tenido un novio, ahora sin rostro ni nombre. Sin atreverse a nada, dejó la copa sobre la barra, mientras el cantante gemía:

«Baby, baby, I get down on my knees for you
if you would only love like you use to do.»

Salió de la boca dentada.

En el coche informó a Mallory que ahí no se encontraba el guitarrista albino y no lograba hallar ni un rastro de su hermana. El navajo preguntó qué pensaba hacer. Oralia prendió la luz interior y alzó el mapa que estaba sobre el tablero: Tampico, Brownsville, San Marcos, Oklahoma City. Recorrió el camino que parecía seguir su hermana, con desviaciones, pero siempre al norte. Si avanzaba con su dedo la ruta conducía a Chicago. La intuición surgió directamente de su vientre.

De niñas su mamá las llevaba al cine Tampico, y una vez, vieron una película que habían gozado como locas:

Los Blues Brothers. Apenas tenían doce años, consiguieron el video pirata y lo ponían diario, para cantar juntas todos los temas. Ahí se les apareció por primera vez John Lee Hooker, con su voz de un dios exterminador a las puertas del infierno. Entonces juraron que algún día, cuando crecieran, cantarían blues y se irían a Chicago. Mallory no entendía claramente para qué le contaba todo eso.

Su hermana ya cantaba blues.

Ahora estaría en Chicago.

La carretera dividía campos de árboles frutales de los cuales nada más se veían siluetas. El viento olía a limones, ondulando el cabello de Oralia que asomaba su cara por la ventanilla. Desde la oscuridad perforada al frente por la luz de los faros surgió un mapache que retrocedió deslumbrado.

Oralia cabeceaba sin dejarse vencer por el cansancio. Mallory sugirió que se pasara al asiento trasero, pero ella juró que podía seguir toda la noche. Luces intermitentes pasaban sobre sus caras.

Una fina llovizna parpadeaba al ritmo de los limpiadores. Apareció un letrero verde: Missouri, 116. Se acercaban al otro límite estatal de Oklahoma. Cruzaron por una pequeña ciudad llena de ríos y puentes de hierro. Al detenerse en una estación de servicio que tenía forma de rinoceronte antediluviano con tres cuernos, fueron atendidos por una jovencita que mascaba chicle con furia, y vigilados desde la barra por un perro negro encadenado. Animal y mesera tenían la misma mirada.

Mientras les servían la cena, Oralia fue por el libro del pulpo rojizo, para explicarle a Mallory que ese era su *Libro de las mutaciones*, y como debía tomársele por sorpresa. Lo abrió de pronto apuntando con un dedo. Leyó lo primero que encontró:

«La locura es un sueño que se fija.»

El navajo preguntó qué significaba. Ella no tenía la menor idea. Una revelación o quizá nada. Para Mallory la locura pertenecía a los hombres no a sus sueños. Cuando su nombre era Nansipu había enloquecido, y la demencia se hizo fácil en cuanto decidió volverse blanco. Oralia volvió a leer la frase. Asintió. No sabía qué más decir.

Siguieron toda la noche por la carretera. No les ofrecía más que su infinito aburrimiento. Alguna lejana granja con ventanas iluminadas. Oralia se pasó al asiento trasero.

Soñó que despertaba en el coche y se daba cuenta de que estaba soñando que despertaba, entonces descubría que acababa de soñar que despertaba, y volvía a despertar para darse cuenta de que seguía en aquella caja china de los sueños. Al despertar de verdad, el amanecer pasaba por la ventanillas. A un lado, sobre un campo de trigo estaba un dirigible anclado, con propaganda de una película *The Night of the Fish*.

Mallory conducía. Estaba desvelado. Ella bostezó, estirándose. Acarició con la mano el penacho de plumas blancas de la máscara. La alzó y metió la cabeza dentro.

Olía a polvo, resinas y piel curtida. Podía ver por unas aberturas triangulares. Le tocó el hombro al indio, que la observó un instante por el retrovisor.

–Gaún Bagúdzitah, espíritu, fantasma, dios protector para la danza de la tribu. Se danza sobre una alfombra de pintura arenosa. Tú no puedes usar esa máscara. No hay mujeres medicina.

Luego de quitársela, Oralia trepó por el respaldo para dejarse caer en el asiento delantero.

–¿Y si usted me enseña a curar con pinturas de arena?

El navajo movió incrédulo la cabeza. Era como si una tortuga quisiera ser águila, o un perro quisiera volverse montaña. Jugando, Oralia propuso una gato-ballena, un lagarto-flor, una jirafa-tijera. Luego preguntó a Mallory cómo se había convertido en hombre medicina.

–Tuve cuatro sueños en cuatro noches. En uno de esos sueños me habló un halcón y a la cuarta noche se llevó mi espíritu en sus alas a través de cuatro montañas, y me enseñó las medicinas piedra y las medicinas hierba.

Lo dijo como algo tan lógico y evidente, que Oralia ya no hizo preguntas durante los siguientes 30 kilómetros. Se detuvieron en una isleta de descanso. Decenas de trailers avanzaban y retrocedían entre gritos de acomodadores con barras luminosas. Compraron café que bebieron sentados en una larga banca de plástico.

A la misma banca se sentó un trailero, obeso, papada y barba confundidas, que a Oralia le recordó un dibujo animado. El hombre se acabó una *Cherry Coke*, aplastó la lata y abrió otra que sacó del bolsillo de su overol. Llegó a saludarlo un negro que usaba bufanda alrededor de las orejas como si le doliera una muela. Parecía tan absurdo en la mañana calurosa como la gruesa camisa de Mallory, quien agotado, se fue a dormir al coche. Los dos traileros comentaban la terrible explosión en un edificio y de unos niños muertos. Maldecían a los terroristas sin dejar de mirar a la sospechosa jovencita latina a su lado. Oralia bebía sorbos de café. Fingiendo observar el mapa desdoblado sobre sus muslos, curiosa, escuchó al trailero obeso contarle al negro una historia de esas que se cuentan como si le hubieran sucedido a uno, pero que se arman poco a poco, con variaciones.

Según el trailero, durante el invierno pasado, viajaba borracho por el desierto de Arizona, cuando su camión de doble plataforma se descompuso a media noche. No tenía las herramientas necesarias, y al buscar un poblado creyó ver luces lejanas, pronto se encontró errante entre dunas, halló unos extraños círculos de concreto iluminados por potentes reflectores. Aquello era como un fortín para estudiar los efectos de un bombardeo neutrónico o algo peor, pues dentro de cada círculo pudo observar maquetas perfectas de las ciudades más importantes del mundo: Nueva York, París, Londres, Tokio y Fort Lauderlade.

El negro se asomó tras su bufanda como una tortuga y le cuestionó ¿Fort Lauderlade? Aquel cuento le parecía entretenido para un capítulo de la Dimensión Desconocida, pero ¿qué diablos hacía entre tantas ciudades famosas el miserable Fort Lauderlade?

—Ahí nací yo —afirmó el trailero con toda inocencia, y Oralia soltó una risita.

Ambos hombres le lanzaron una gélida mirada. Ella dobló el mapa, dio un último trago al café, se levantó, tiró el vasito en un bote y con toda la dignidad que pudo se metió entre contenedores de productos químicos peligrosos, según indicaban sus letreros, seguida de las miradas de los tipos, para dirigirse al auto.

Mallory dormía a pierna suelta, con los brazos cruzados y recostado en el asiento delantero. Ella quitó con cuidado las llaves de la marcha, y sin dejar de observar por el vidrio trasero, abrió la cajuela. Una cobija de lana teñida a cuadros, refacciones. Esculcó en la caja de cartón. Pinceles, los frascos de arenas y pinturas, la caja metálica que contenía la pequeña sandalia. Le intrigaba ese pequeño objeto de cuero. Era probablemente un recuerdo de la reservación india, y como el trailero que acomodaba una historia con leves diferencias para poder encontrarse con su hogar en miniatura, el viejo cargaba un trozo de su hogar.

Cerró la cajuela. Observó en su muñeca la pulsera de conchitas, tejida por su hermana. Era lo único que conservaba del lugar donde había nacido.

Tres horas después circulaban por la ruta 44 rumbo a San Luis Missouri. Ligeros pétalos de diente de león atravesaban su camino mecidos por la brisa.

—¿Usted cree que yo pueda tener una pintura medicinal, y que usted la haga?

Mallory la observó con curiosidad. Era una pregunta engañosamente ligera como las deshechas flores esféricas.

Los muslos de Oralia vibraban cuando se detuvieron, llevaba demasiada horas en el auto. Estaban en un merendero rodeado por un bosque de pequeños pinos. Sentados sobre unos troncos, compartieron el último refresco de dieta que les quedaba, coincidieron en que sabía espantoso. Oralia trazó con la punta de su bota un pequeño círculo sobre la arena.

–¿Usted cree que pueda hacerme una pintura medicinal? –insistió.

–¿Para qué?

No supo qué contestar. Mallory explicó que tendría que saber para qué, y hacer algunas cosas para invocar la ayuda de Estsanatlehi, «la mujer que cambia»; no se pedía un cuadro de arena por simple curiosidad. Le indicó que se sentara dentro del círculo para pensar por qué creía necesitar medicina pintada. Oralia se sentó cruzando un pie sobre el otro, y cerró los ojos.

Pensó en lo difícil de ser gemela. Cuando niñas era divertido celebrar los cumpleaños juntas. Las ropas son iguales y causa gracia tener una repetición. Jugar al espejo, hacerle bromas a los niños que no saben de la otra. Todavía a los once años, sin contarse todo, una siente que sabe el doble de la gente común. Si una iba a la playa con las tías, y la otra se quedaba en el puesto cerca del mercado con la mamá, sentían que habían estado en ambos lados. «Yo vi el mar», cuenta una, la que estuvo en el mercado. «Yo vi a Pepito Gigante» cuenta la otra, que estuvo en la playa. Y ambas cosas entran en la memoria, el océano, y el loco del barrio. Pero a los catorce años, a una le gusta el baile a otra la música. Parece lo mismo. No lo es.

El baile es para afuera, la música para adentro. A Oralia le gustaba la música, a su hermana el baile. Por eso era sorprendente que su gemela cantara blues. El tiempo, el tiempo se le había enfermado. Repitió lo último en voz alta. También necesitaba curarse siete años desde que había roto su espejo.

–¿Estás convencida de que curarte será para dominar a tus enemigos o salvar tu vida? –indagó al ver que abría los ojos.

Oralia asintió. Iba a decirle qué opción tomaba, cuando él le hizo la señal de que no le contara nada. Sin decir palabra, el navajo le hizo otra seña para que lo siguiera al coche. Ella caminó y tuvo que frotar una de sus pantorrillas: se le había quedado dormida, le hormigueaba dolorosamente. Ya no sabía si había cerrado los ojos cinco minutos o media hora. Le pidió la pulsera de conchitas, ya que se requería un objeto personal.

El indio sacó la caja, y la llanta de refacción. Acomodó la cobija y le ordenó meterse: tenía que sudar. Metida en la cajuela, la envolvió con la cobija y cerró, dejando apenas entreabierto para que pasara aire al sofocante interior.

En la oscuridad de aquel sauna improvisado, Oralia recordaba. A los catorce, se empezaron a peinar cada una de otro modo, a vestirse de maneras opuestas. Sin embargo, como le había sucedido a Mallory y a Ely, apenas las podían distinguir. Y cuando atendían por turno el puesto de fayuca de su mamá, les cambiaban el nombre las otras puesteras sin importarles los dijes y pulseras que tenían grabados en el metal sus nombres correctos. Los verdaderos.

La semejanza ya no era divertida, ansiaban ser diferentes.

Oralia sentía su aliento contra la tela, quemaba. No sabía si quería dominar a su enemiga, o salvar su vida. Tal vez era una pregunta trampa, y salvar su vida era dominar a su enemiga, o al revés. Empezó a adormilarse. Una hora después se levantó la cobija, fue deslumbrada por el sol, y sus ropas estaban totalmente empapadas en sudor. Salir fue refrescante. Mallory la hizo seguirlo, se había quitado la camisa de franela y tenía una camiseta blanca. Oralia vio que usaba un collar de diferentes piedras y cuentas de colores con una pequeña pluma.

Había abierto los frascos de piedras y tierras de diferentes tonos. Se arrodilló ante un círculo trazado con harina blanca. Alzó un frasco y dejó caer el contenido sobre su mano. Desde el puño iba derramando finas tiras de arena y empezó a conformar delicadas figuras. Le explicaba cada dibujo. Las estrías azules eran el mar de Oralia. Piedras corazón, la madre. Una mariposa estilizada su niña muerte. Un cuadro negro, su hermana gemela. Una flecha, Nansipu. Grecas, piedras y las conchas de la pulsera que deshizo, completaron todo lo que simbolizaba el mundo Oralia en los últimos días. La figura enmarcadora era Aklolh, el arco iris.

Tomando sus manos, le estiró los brazos, se arrodilló y la hizo levantar una pierna, luego la otra para estirárselas también. Se trataba de remodelarla. Advirtió que no tenía todo para el ritual, pero de cualquier modo ya era una versión de hombre blanco, podía servir o no, sin dañarla si acaso resultaba inútil.

Le pidió que recogiera su pelo, señaló al Este y le indicó que corriera hacia allá, calculando 400 metros sin voltear; luego que regresara y se detuviera a la orilla del círculo. Oralia anudó su cabello y obedeció. Corría sin detenerse entre árboles y hondonadas con charcos lodosos que salpicaron sus botas. Empujaba ramas pegajosas, cruzaba telarañas. Nada separaba a su piel de la ropa. Contaba en voz alta calculando un metro a cada zancada. Para detenerse en 400.

Se recargó en un tronco de corteza mojada y musgo, jadeante, tosió apoyando sus manos en las rodillas, le ardía el pecho, los rasguños de su mejilla parecían vivos de nuevo. Tomó aliento durante unos minutos y volvió, caminando, el vapor subía desde hojas y tierra húmeda sobrevolada por libélulas.

Encontró a Mallory con la máscara Halcón puesta. Descalzo, tenía unas ramas sin hojas, atadas a sus puños como largas garras y danzaba algo que parecía una súplica. Sin cambiar el paso, repetía un canto ritual. Minutos después remató el cántico: «Dola anyí, dola anyí».

Tras la máscara le indicó que se quitara botas y calcetas, que se parara al centro de la pintura, mirando al Este, que entonces gritara lo más alto que pudiera y destruyera las figuras arrastrando los pies sobre la arena. El se sentó para observar, convertido por la máscara en tótem vivo de su tribu.

Oralia pisó con temor reverente el interior del círculo, miró a sus pies una figura que no estaba cuando inicio la carrera. Una mujer larga. Era ella, lo sabía. Ella era la paciente, tenía que estar en esos símbolos para curarse de su tiempo enfermo.

Empezó a gritar. Con furia, sus pies mezclaban arena, piedras y conchas. Revolvía todas las formas para dejarlas en gris aroma de búfalo. Aullaba por no poder clavar flechas al horizonte y hacerlo sangrar. Destruía los débiles huesos de su mamá. Sentía el blues de las culpas. Retorcía al espejo encarnado que la miraba con ironía. Se desdibujaba en nubecitas de polvo en diferentes colores. Tensando todos sus músculos brincó sobre ambas piernas para aplastar las figuras, hasta que agotada, perdió el equilibrio y cayó de lado. Reía y lloraba al mismo tiempo. Buscó al hombre Halcón, pero no estaba en aquella arboleda ahora envuelta en una quietud silenciosa después de todos sus gritos.

–Re-mo-dé-la-me –jadeó, invocando a la «mujer que cambia».

El ritual dejó totalmente rendida a Oralia, y Mallory decidió parar en un motel para que descansara. Alquiló un cuarto con camas gemelas, y cargándola la dejó caer sobre una. Salió a conseguir algo de comer. Al atardecer, Oralia alzó la cabeza y vio la máscara Halcón sobre una silla. Sus ropas estaban llenas de lodo seco, tenía costras de sangre en los codos, le ardía la mejilla. Al quitarse los pantalones descubrió sus rodillas raspadas.

La habitación tenía paredes de madera descarapeladas en tonos verdes y rosas. Una televisión enorme, un tapete descolorido y un ventilador que giraba lento sobre las camas. Se contempló en el espejo del tocador desvencijado: sus cabellos estaban amarillentos por el barro. Había visto alguna vez la foto de un aborigen australiano tatuado. Cuando era niña, a la playa llegaban los desechos de petróleo y salía manchada de chapopote. Se sintió una combinación de ambas cosas. Una niña aborigen.

Entró al cuarto de baño. Se desnudó para meterse a la regadera bajo el agua fría. Inmóvil, con el cuerpo adolorido, alzaba la cara al chorro para refrescarse. Enjuagó su camiseta, el pantalón y sus pantaletas. Después exprimió todo. Las calcetas estaban tan rotas que las tiró. Tendió la ropa en el tubo de la regadera y se envolvió en toallas. Salió pensando en pedir a Mallory que le prestara por lo menos una camisa de franela. Se sorprendió al ver sobre la cama una camiseta negra, y calcetas nuevas. Un cepillo de dientes, pasta. Además una bolsa con hamburguesas y agua embotellada. Comió y bebió.

Se puso la camiseta y las pantaletas que aún estaban húmedas, salió descalza y se acercó a Mallory, tendido en una silla de playa, frente a una alberca sin agua, llena de hojas secas de palma. El trampolín representaba a un dragón cubierto de mosaicos de diferentes colores. Eran pedazos de platos y tazas que alguien había pegado pacientemente.

El navajo dormitaba a la sombra de una palmera de tronco curvo, rodeada de pasto muerto. Oralia se sentó a la orilla de la alberca, para que el sol terminara de secar su prenda. Veía otros *bungalows* como el que ocupaban, pero por su aspecto podía ser un lugar abandonado.

En el fondo de mosaicos azules, a un metro de sus pies, veía entre la arena y las ramas un hormiguero. Puntos rojos en frenética actividad. Una enorme hormiga roja le cosquilleó la piel al subirse a su muslo, ella la quitó de un manotazo y se levantó, buscando en sus piernas desnudas otro insecto. Nada.

Se acercó al dragón trampolín. La cabeza se había desprendido y estaba caída al lado. La observó con esa lengua de fuego que le daba un aspecto feroz. Acarició los colmillos sobresalientes. Se acordó de una de las leyendas sobre Ou Li.

Le fue llevado a su presencia un hombre llamado Maestro Cabeza de Reptil. Era la prueba tangible de un continente hundido frente al mar de la China. Tenía la cara cubierta de escamas y largas mandíbulas con dientes filosos, pero hablaba el mandarín a la perfección. El emperador le hizo una sola pregunta: si creía ser el único sobreviviente de su raza. El Maestro Cabeza de Reptil se inclinó y juró que todos los demás habían muerto, devorados por el océano. De inmediato el dignatario ordenó a un guardia que lo matara con su sable y lo mandó disecar para su colección particular de objetos raros.

Al escucharla aproximarse, Mallory abrió los ojos y le preguntó cómo se sentía. Oralia sonrió: a pesar de ser un hombre blanco y haber renunciado a ser hombre medicina, la cura de la pintura de arena le había quitado algo que le pesaba muy adentro.

Se sentía ligera.

Por la noche, mientras el navajo dormía en una de las camas, ella, recostada en los cojines de la otra, encendió la televisión. Cambiaba de canales con el control sin fijarse en nada. Cantantes sonrientes con corbata, explosiones de Budas gigantes, un concurso de gordas, hombres jugando golf, una película con Bruce Lee y, de pronto, una imagen que llamó su atención.

Tras una reja de un zoológico yacía el cuerpo de un leopardo muerto, y al frente una reportera rubia con cara de angustia narraba que un hombre no identificado había matado al indefenso animal de un tiro. De inmediato pensó en el cazador con cicatrices que le había dado aventón a San Antonio. Trató de recordar su nombre: ¿Miguel? ¿Memo? ¿Manuel?

Con la mirada fija en las aspas del ventilador, se durmió.

El gigantesco arco de acero junto al río Mississippi, navegado por lejanos barquitos de todos tamaños, se les presentó de sorpresa al dar vuelta en un trébol de concreto. No fue una lenta aparición en cada curva, o una forma que se iba insinuando a cada pendiente. Apareció majestuoso ante ellos. Mallory detuvo el coche en el mirador de la carretera. Bajó sin quitarle la vista a la estructura. Estaba pasmado. Oralia salió del vehículo mirando hacia arriba. Era enorme, imponente subía al cielo por encima de sus cabezas a pesar de que lo observaban desde una colina alta y desde lejos. Se acercaron a la barda, impresionados.

Mallory se colocó de costado y extendió el brazo izquierdo como un arquero: con la mano derecha tensó una cuerda invisible, se inmovilizó unos segundos, aguantando la respiración para soltar de pronto la flecha imaginaria al aire, apuntando a la mole de acero. Le sonrió a Oralia.

–Ese arco puede usar flechas de relámpagos.

En el Chevrolet llegaron a la base de la construcción. Caminaron por la grava roja. «La puerta al Oeste, 630 pies de altura», indicaba una placa de cobre. Se podía subir por un elevador, pero en ese momento estaba en reparación. Cerca de la ancha base del arco encontraron una cafetería donde desayunar. Por el ventanal podían ver la curva masa metálica, plateada y brillante por los rayos de sol de la mañana. Daba vértigo.

A Oralia le recordó la torre de concreto frente a la azotea donde vivía y que le parecía una medusa espacial. Le preguntó al navajo si en verdad sabía tirar con arco.

–Aprendí para tener mano firme en la medicina, no para ser guerrero. Los hombres de guerra no le sirven a la tribu.

Comieron en silencio hot-cakes, y de pronto Mallory dijo que le quería contar algo. Oralia terminó de sorber con el popote su malteada de chocolate; le pidió que esperara un momento, tenía que ir al baño. Se sentó en la taza sin bajarse los pantalones, nada más quería estar sola. Observó sus botas maltratadas: la hicieron sentirse triste.

Cuando salió del baño, sobre la mesa estaba la cuenta pagada. Miró alrededor buscando a su amigo, y una mesera flaca señaló al exterior. Por el vidrio del local pudo ver al navajo con los brazos en la cintura junto al coche azul. A distancia el arco cubría a Mallory.

Fue a reunirse con él, para ponerse a su lado con la mirada en la cima metálica.

–Un arco demasiado grande.

Dijeron al mismo tiempo. Luego se rieron. Oralia se sentó en la salpicadera. Mallory bajó la cabeza un momento, asintió como para convencerse. Se recargó en el cofre.

–Nemi era mi mujer –susurró–. Nemi llevó a las niñas al arroyo. Nuestras nietas de dos y cuatro años. Cuando se tardaron, salí a buscarlas. Encontré los tres cuerpos en las vías, arrastrados por un tren. Una sandalia atorada en un riel, la cual empuñé sin soltarla durante días. Enloquecí, me volví fantasma en el desierto durante una semana. No volví a la reservación y bajé al pueblo. Mi hija, que sufría por sus propias hijas, me encontró tirado en un bar. Golpeado. Llevaba a mi nieto recién nacido en sus brazos, me señaló y le dijo: «Ese no es tu abuelo. Es un hombre blanco». Ya no podía ser hombre sagrado. Fui a mi cabaña y salí de la reservación con mi máscara Halcón. Pedía aventones. A veces me pateaban, a veces me daban limosna. Un día terminé borracho en un cine de Tokio, Texas, y un hombre en la pantalla decía: «te amo Mallory». Era un buen nombre blanco. Ya no podía ser Nansipu. Me nombré Mallory desde entonces. Trabajé de mozo en los baños de aquel cine. Una mañana llegaron camiones con mantas, cargando indios de diferentes tribus en una gran caravana, por la causa noble del arte indígena. Una millonaria de pelo violeta me descubrió entre los mirones. Sin saber que mi cuerpo era una cáscara y escondía a un hombre sin raíz, me invitó a unirme pues les faltaba un indio wichita. Para mí, era igual si aquella señora de buenas intenciones me confundía con un cheyenne. Le dije mi única habilidad: figuras de tierra y piedras, ella ofreció pagarme por hacer cuadros de arena, le parecía fantástico. Descubrí en el viaje que los demás eran expulsados de sus reservaciones, o apenas conocían las costumbres de las tribus por pláticas de sus padres. Éramos basura y nos aprovechamos del buen corazón blanco, del mismo modo que ese corazón se aprovechaba de nosotros y nuestro corazón piel roja. Me sentí a gusto, porque pensé que en realidad todos éramos blancos. Viajamos por todo el sur, en un circo de habilidades indígenas. Así llegamos a San Marcos. Hice la pintura en la estación, y el dueño del hotel me ofreció empleo cuidando su tiradero de coches, además podía usar el Chevrolet. Vivía en el remolque. Propuse al dueño que me pagara con el coche. Estaba cansado de ser fenómeno, aprendí a manejar. Tenía sesenta años. Era el hombre blanco y su coche. Nadie para mi tribu. Pero este arco que encontramos tú y yo, me obliga a volver. No puedo olvidar tres tumbas. Debo buscar a mi hija y a mi nieto.

Y mirando a Oralia le dijo que era el momento de separarse, Nansipu volvería a su reservación. Estaba cansado de ser blanco. Y Oralia debía seguir su camino. Ella dudaba que pudiera haber llegado tan lejos de no ser por su compañía. Tenía miedo.

–Tú no viajas, viajan tus deseos, y ésos siempre son más fuertes que uno.

En silencio, ella sacó del auto su chamarra. Una bolsa de plástico sirvió para guardar su cepillo de dientes, el del cabello y el disco compacto. Mallory le devolvió el libro con el pulpo. Era su guía. Lo hojeó para asegurarse de que estaba la foto dentro. Le pidió una dirección para escribirle, Mallory sacó un lápiz y en la última hoja del libro escribió un apartado postal de una lejana reservación en Arizona. Ella lo abrazó. Tenía un nudo en la garganta. Mallory le acarició el cabello y le dio un beso en la frente. Estaba conmovido. Le entregó unos billetes. Con eso podría llegar a Chicago. Ella asintió. Tenía que encontrar a Alicia.

–¿Alicia?

Sí, así se llamaba su gemela. Era la primera vez que se atrevía a pronunciar su nombre.

–Alicia. Es bueno tener una gemela, se puede jugar al espejo, Tiene uno la sensación de saber el doble de los demás, luego se convierte en una pesadilla. Y yo… yo, hace siete años intenté matar a Alicia, le clavé una navaja en el vientre.

Se señaló con los dedos de la mano derecha el vientre. Mallory, enmudecido, la observó durante varios minutos. Alzó la mano para ponérsela en el hombro, pero detuvo su movimiento en el aire.

No hay gesto alguno para consolar a una asesina fracasada.

Y menos si la supuesta víctima es igual a uno mismo. Tiene tu boca y tus pies, los ojos del mismo color, pero no ve lo mismo ni avanza por el mismo lugar, y la comida no le sabe igual.

Nansipu se subió al coche azul y antes de echarse en reversa se volvieron a mirar. De tanto querer decirse no se dijeron nada más.

Ninguno sabía lo que encontraría, lo único seguro era la búsqueda.

El Chevrolet se alejó entre otros vehículos, entró en la corriente de la carretera, y Oralia empezó a bajar por una escalinata de hierro que conducía a la ribera.

Al llegar al muelle compró un boleto de transbordador para cruzar el Mississippi. Esperó en una banca con turistas de diferentes países que fotografiaban el arco lejano e imponente. Un altavoz anunció el abordaje y subieron en fila por una rampa con barandal de lona blanca.

Recargada en la baranda del barco podía ver las embarcaciones navegando. Un remolcador con llantas colgando, una barcaza repleta de troncos, un barco con una especie de rueda de la fortuna al frente que se hundía en el agua a medias para avanzar, de donde surgía música de jazz. Se le acercó una monja de hábito azul claro y luego de observarla unos segundos, le dio un folleto en español.

«Cabezas congeladas exigen una contestación.

»Siete cabezas están congeladas en la Extensión de Vida de Riverside California, esperando con ansiedad a que alguien invente la manera de revivirlas. Crioterapia se le llama a la tecnología para conservarlas a menos 158 grados centígrados en nitrógeno líquido. ¿Puede algún hombre escaparse de la muerte?

»Apocalipsis 1:17-18 ...yo soy el primero y el último; y el que vivo, y he sido muerto; y he aquí que vivo por los siglos de los siglos, Amén. Y tengo las llaves del infierno y de la muerte.»

Seguían algunas líneas para apuntar los datos y protestar de manera imperativa contra la blasfemia de preservar la vida. Cuando la monja regresó por la hojita doblada, esperando que se uniera a la protesta, Oralia le preguntó si podía escucharla un momento. La monja se sentó a su lado con un amable gesto misionero.

Entonces le contó que un día, el emperador Ou Li fue a visitar al Viejo Filósofo que vivió 70 años en el vientre de su mamá, y había nacido un año antes –tenía 71–, y le pidió un registro de los Inmortales para ver si podía conseguir añadir su nombre. El Viejo Filósofo le arrojó una piedra desde su jardín. Ou Li se retiró indignado, matar al Viejo sabio podía desencadenar una revuelta. Aunque le prohibió visitar la Ciudad Sagrada durante sus siguientes 70 años. Guardó la piedra como una ofensa petrificada. Ou Li no pudo añadir su nombre al registro de los inmortales y murió a los 101 años. Su primer ministro quemaba sus objetos personales, cuando encontró la piedra, que en realidad era una bola de barro mezclada con harina. La rompió con un martillo para descubrir dentro un papelito enrollado. Se trataba de una fórmula a base de cinabrio y yerbas no muy difíciles de conseguir. Arrojó al fuego aquel papel conservado durante setenta años, sin saber que quemaba la fórmula de la inmortalidad.

La amable monjita seguía sonriendo, ahora de manera forzada, y le confesó en español de erre arrastrada que aunque el cuento era bonito no entendía la relación con su petición de protesta por las horribles cabezas cortadas. Oralia le dijo:

–Nadie pudo salvar a mi madre del cáncer en los huesos. Ni el emperador pudo evitar que su muerte se presentara. Mallory tuvo que vivir el horror de ver a dos niñas y a su mujer despedazadas. Y un leopardo no murió en la selva, sino en su casa de gato. El Apocalipsis tiene razón, nadie tiene las llaves para escaparse de la muerte.

La monja pálida y un poco más arrugada se alejó rápidamente.

Entonces, Oralia hizo con la hojita un barquito de papel que le regaló al río. La cauda de una lancha rápida lo hizo naufragar de inmediato. Una blanca luminosidad se hundió en el agua verdosa.

El transbordador la dejó del otro lado del Mississippi, desde ahí ya no alcanzaba a ver el arco que devolvió a Nansipu. Había corazones de globos, azules y rojos, niños que gritaban perseguidos por papás con mochilas de excursionistas. Subió con la gente por plataformas de madera. En un estado del norte no era común encontrar agentes migratorios, pero había policías de la montada. Precavida, al pasar por las casetas de acceso se mezcló con grupos de turistas. Tomó un autobús que siguió la ruta 80, directo a Chicago.

En el asiento de al lado se sentó una señora que frotaba sus lentes de manera obsesiva cada tres minutos con una tela suave. Oralia cerró los ojos arrullada por el movimiento. Al abrirlos, un negro con uniforme de marinero dormía a su lado, con los brazos cruzados. No se dio cuenta del cambio de pasajeros. Alzó la mirada por encima de los asientos. Las cabezas criogenizadas se balanceaban. En los televisores pasaban algo de Meg Ryan. Sabía muy bien quién era, pues su amiga Vicky, morena de pelo negro, estaba obsesionada por parecerse a esa güerita. Tenía recortes de revistas en el vestidor del café. Bostezó y volvió a cerrar los ojos.

El Greyhound se detuvo en una terminal de enlace. La ruta 55 se cruzaba con otra que conducía directo a Canadá. El chofer les anunció que la pausa del viaje sería de quince minutos y que nadie podía permanecer en la unidad. Al descender y caminar entre otros autobuses, Oralia vio una camioneta de la migra.

En la zona techada para pasajeros otro grupo de monjas azules repartían folletos de protesta contra las cabezas cortadas. Dos migras salieron de la cafetería, y Oralia que avanzaba directo hacia ellos se detuvo junto a las monjas y tomó un folleto. Una de las religiosas empezó a explicarle la blasfemia tecnológica, y ella asentía preocupada, de reojo vio la placa en una chamarra. Le sonrió con toda falsedad a la monja y guardó el folleto en su bolsa de plástico.

Al avanzar rumbo a la cafetería otro migra salía de ahí. Oralia giró de inmediato para regresar al estacionamiento. Desde ahí la observaban los otros dos uniformados platicando frente a la camioneta. Los pasajeros que iban y venían eran demasiado gringos para que ella no se notara. De un lado las monjas, del otro unos arbustos recortados como ondulante montaña rusa. Una pendiente de pasto podado, con un lobo cubierto por flores, inflable, de siete metros de altura, más atrás una alambrada no muy alta que separaba la zona de los carriles rumbo a los Grandes Lagos y Canadá. La otra frontera.

El agente solitario le pidió con toda cortesía sus papeles. Oralia aseguró que los traía su mamá y que estaba en la cafetería. Entraron juntos. Las mesas redondas estaban repletas de gente rubia. Así que al descubrir a una mujer de piel dorada, probablemente canadiense, la señaló. El agente se quitó el sombrero blanco y confiado se dirigió a la mesa con Oralia a su lado, pero ella fingió tropezar con una silla de bebé, para dejar que se adelantara. Un niño la miró con ojos muy azules. Ella dio unos pasos para atrás y anudó la bolsa de plástico a su antebrazo para que no le estorbara.

Contó mentalmente del uno al tres.

Salió lo más rápido que pudo de la cafetería. Los de la camioneta la descubrieron al esquivar a un alto montañista de mochila a la espalda, brincar el arbusto ondulado para correr más allá del lobo floreado y treparse por la alambrada como una ágil ardilla, seguida por gritos de «¡Deténgase!».

Sin voltear cayó en el pasto, se incorporó y corrió por una angosta banqueta en sentido contrario a los coches que rugían a toda velocidad en seis carriles. Subió al puente del cruce por una escalera marina, para dirigirse al extremo opuesto a la terminal.

Al llegar al otro lado se detuvo, jadeante. Pudo ver tras la alambrada las lejanas manchas verdes de los migras que seguro ya reportaban por radio a la ilegal. El lobo se balanceaba. Desanudó la bolsa de plástico que le marcaba la piel de la muñeca con un anillo rojizo. Alejándose por las colinas arboladas, peleaba con una nube de mosquitos cuando escuchó el sonido de un helicóptero. La sobrevoló en una sombra fugaz. Se ocultó entre unos troncos caídos cubiertos de hongos. Durante varios minutos la sombra voladora se dedicó a pasar cerca de las copas de los árboles.

Al fin el helicóptero se alejó para buscar en otra zona. Esperó unos minutos y empezó a caminar. Tenía hambre y trató de comer bayas rojas que encontró en un arbusto. Amargas, las escupió con asco. Seguía una carretera desde la espesura de ramajes y arbustos, sin aproximarse demasiado. Los mosquitos le picaban el cuello, los brazos a pesar de sus palmadas.

Agotada, al notar que los insectos ya no la atacaban, puso la chamarra en la tierra bajo la sombra de un arbusto, la bolsa de plástico le sirvió para hacer un cojín. Se acostó boca arriba.

Extrañaba a Mallory. Extrañaba a su gato Esfinge. Y tenía siete largos años extrañando a Alicia.

Dormitó unas horas. Luego se sentó para sacar la foto de Alicia y observarla. Rapada, inversa en su lunar cerca de la boca. Miró el disco compacto que había envuelto en papel aluminio en la cafetería de San Luis. Observó su reflejo distorsionado dentro del círculo plateado. No era el momento de consultar su libro de Mutaciones. Simplemente debía continuar su búsqueda.

Cuando el frescor llegó con la tarde, avanzó entre troncos de cortezas retorcidas, como si cambiaran de piel, sin perder de vista la autopista. Más tarde, descubrió en la cuneta rojiza una *pick up* estacionada. El cofre abierto y carga de costales blancos con unos triángulos amarillos.

En cuclillas, desde la parte alta de una ladera, tras un arbusto, observó a un hombre de overol que se peleaba con el motor y lo maldecía, accionando unas pinzas, usaba un sombrero de paja y barba larga. Subía ante el volante, y regresaba a asomarse al motor inmóvil.

Se levantó y le gritó un «¡Hola!». El hombre alzó la mirada, para ver a la aparición bajar por la pendiente llena de musgo. Cuando llegó junto a la camioneta, él le mostró las pinzas, desconfiado. Miraba a las colinas, esperando que aparecieran más criaturas extrañas. Muy digna, Oralia acomodó sus cabellos, pegados de telarañas y sudor. Dejó su bolsa y la chamarra a sus pies.

–No bajé de un OVNI. Soy mexicana, escapé de la migra, de alguna manera tengo que llegar a Chicago, y me muero de hambre.

El hombre se acomodó el sombrero sobre su frente manchada de aceite. No bajaba ninguna tribu de salvajes aullando tras la delgada jovencita, y los vehículos pasaban tan rápido que nunca se detendrían si pedía auxilio.

Agitó las pinzas.

–Si sabes pisar un acelerador, entonces te puedes comer un sándwich, yo no voy rumbo a Chicago, pero te puedo dejar en una parada. ¡Ah! de ser mexicana no te puedo salvar.

Le sonrió con dientes de caballo.

Oralia obedeció las instrucciones. Pisaba un pedal, giraba una llave. El hombre le pegaba a la batería, jalaba cables, se quitaba el sombrero, se lo ponía. Al fin pasó corriente y vibrando, el motor funcionó. Oralia se corrió en el asiento, el conductor tomó su lugar, le indicó que abriera una lonchera y encontró un sándwich de lechuga y *roast beef*, que devoró de inmediato. Bebió una cerveza caliente, en lata.

La *pick up* circulaba por el carril de alta velocidad.

El hombre, contento de poder seguir su camino, le dijo que se dirigía al concurso *Pony Express* de Bakersfield. Tenía que entregar comida para los ponis. Odiaba a todos los animales en general, pero especialmente a los ponis. Eran algo así como caballos incompletos. Aunque era un buen trabajo vender alimento para esos fenómenos. Le preguntó si en México tenían burros enanos.

–No en donde yo vivo.

–Qué buena suerte tienen los mexicanos.

Cruzaron sobre un río junto al cual corría un oleoducto. La camioneta tenía tocacintas y Oralia sacó su casete, pidió permiso para ponerlo. Ni siquiera sabía si serviría porque estuvo sumergido en el agua. En la descolorida portada apenas se podía leer Papa John Creach. Desde la tromba no había vuelto a oír blues.

La cinta vibró al inicio, a punto de enredarse, pero se empezó a escuchar el violín. El hombre pegaba con sus dedos en el volante totalmente fuera de ritmo, jurando que la música de los irlandeses le gustaba. Oía toda clase de música, pero especialmente la irlandesa. Le preguntó si en México los irlandeses celebraban el día de San Patricio con tréboles y bufandas verdes.

–No. No tenemos esa suerte.

La dejó en una gasolinería. Oralia le dio las gracias. Entró al baño y se quitó una bota para ver cuántos dólares le quedaban. Veinte. Tomó agua de la llave y luego se lavó el pelo.

Al salir con el cabello mojado sobre su nuca, avanzó bajo la estructura tubular que cubría la estación. Se acercó a un chofer uniformado con mangas cortas. Vigilaba la bomba automática de diesel, llenando el tanque del autobús, que tenía unas alas con los tonos del arco iris en el costado. Le preguntó por el costo del pasaje desde ahí a Chicago. 8.50 dólares. Pagó y abordó.

Sentada hasta el fondo, con la chamarra sobre sus piernas, sin saber por qué pensó en Vicky, la mesera de cara alargada del café de chinos. Cuando tres años antes se había acercado, desesperada y sin trabajo, al café de chinos, esa mujer había abogado por ella ante el señor Wu; incluso le había mentido diciendo que Oralia era la hija de una amiga. Y luego la maltrataba, la regañaba si no llegaba a tiempo, le gritaba si tiraba leche sobre una mesa, o no entregaba la orden correcta. Pero Vicky y los cuentos del dueño acerca del emperador eran gran parte de su pequeño mundo. Los sábados que le pagaban iba a comprarse un casete o a cambiarlo por otro, pues era un tianguis para trueques entre jóvenes pobres. Una vez, en aquel mismo tianguis, caminando en una multitud de muertos vivientes, compró un libro de ciencia ficción: *Los cristales soñadores*. Maravillada, encontró ahí a un niño al que le cortaban los dedos pero le volvían a crecer, a una enana que parecía conejito y a otra enana enamorada. Intercambió el libro por otros, pero no olvidaba los cristales caídos desde otra galaxia, que hacían crecer a las cosas y a los seres incompletos y retorcidos. Ahorró meses para comprarse un *walkman* y su último libro fue vendido para completar su precio, pero el *walkman* había muerto ahogado en un río lodoso.

A veces iba con Vicky al cine; era el único lugar donde se veían fuera del café. Sin su delantal la mujer parecía más joven, y sonriente, la obligaba a ver las de Meg Ryan. Lloraba con los finales cursis, en especial uno con perro, mientras se escuchaba *Over the rainbow.* La cara que pondría Vicky si supiera que tenía un amigo navajo y que cruzaba Estados Unidos en busca de su gemela. Intentó recordar al novio sin nombre, pero se negó a ese recuerdo.

Oralia descubrió las crestas llameantes de las refinerías al cruzar el río Illinois por un puente de acero, bajo el cual pasaba una larga barcaza con una montaña de carbón. Cepilló su cabello, acercándose a Chicago. El aroma del petróleo crudo entraba por todos lados. Era un olor de su infancia, el paso a la playa de Miramar.

El autobús circulaba en medio de tráfico pesado. Entró en una estación envejecida. Apenas bajó con su bolsa de plástico en la mano, Oralia le preguntó a un gigante negro que esperaba en la puerta automática de la terminal por el barrio latino. El gigante lo señaló con un dedo que apiñaba tres anillos dorados. No quedaba lejos. Se dirigió a una zona de edificios maltratados y bardas de ladrillo, cubiertas de grafitis multicolores. En una calle cerrada a los autos, decenas de jóvenes con vestimentas ligeras de verano se paseaban entre puestos callejeros. Sobre tablas, en los puestos, bajo la sombra de unas lonas, se vendían casetes, discos compactos y de acetato. Ropas usadas tipo militar. Oralia escuchaba voces chicanas o latinas, el inglés arrastrado de los negros. Otro Chicago, el de rascacielos brillantes, se podía ver como ciudad del futuro por encima de fachadas con ventanas rotas y escaleras de incendio oxidadas.

Era semejante al tianguis de Tampico donde su mamá vendía ropa de fayuca, o al de México en el que descubrió la ciencia ficción. Sintió que entraba en un lugar conocido. Se detuvo ante un puesto donde un chino con gorro tejido ofrecía esferas de la vida, las hacía rodar en sus manos con habilidad. Sonaban como dulces campanas. Tenía Budas rojos de cinabrio –según el letrerito–, faroles plegables, sables samurai en miniatura, peces de plástico que se movían en una pecera rectangular como si estuvieran vivos, camisetas apiladas.

Oralia alzó una camiseta negra con un dragón impreso, de escamas doradas y lengua de fuego. Regateó hasta que al fin el vendedor se la dejó en un dólar. Mientras doblaba la camiseta, Oralia le preguntó al chino si en verdad lo era. Entrecerrando más sus ojos rasgados, él aseguró que todos los chinos americanos eran fabricados en San Francisco. China era un lugar inexistente, inventado por el cine. Taiwan era otra cosa. Ahí fabricaban chinos. De cualquier modo, ella quiso saber si conocía a un emperador de la China llamado Ou Li. El chino se pegó en los labios con el índice, como si tratara de recordar a un pariente cercano. Nunca había oído el nombre, pero se sabía un verso del poeta Li Po:

«Caen las rojas entrañas a modo de flores,
la blanca carne es de nieve.»

A Oralia le gustó el poema, pero no entendía qué tenía que ver con su emperador; y como el chino que podía tener dos mil años o su edad volvía a mover sus esferas, con la mirada perdida en sus mercancías, se alejó con su camiseta nueva bajo el brazo.

En una farmacia con precios fosforescentes en los anaqueles compró una botella de agua, una latita de crema, unas pequeñas tijeras, y rastrillos desechables. Al salir, un grupo de músicos tocaba una canción en la banqueta, rodeado de niños y viejos que seguían el compás de guitarras, tumbadoras y una trompeta. Dos jovencitas puertorriqueñas cantaban; una sostenía en un palo la enorme foto de un viejo sonriente con una firma impresa: *Tito Puente*. En una esquina del cartel, un moño negro. Se detuvo a escuchar una canción que había bailado con su hermana en el festival al terminar la secundaria. La favorita de su madre: *Oye cómo va*. Para ese fin de cursos, su madre les había confeccionado unos trajes de rumberas con sombreros llenos de plátanos y piñas de seda. Parecían un par de fruteros ambulantes. Su gemela bailaba mejor, todo lo hacía mejor.

Oralia balanceó sus caderas participando en aquel homenaje al músico fallecido. Al terminar la canción los intérpretes recibieron aplausos y ella se alejó.

Buscó el hotel más barato. Encontró uno llamado Alaska. Un enorme oso blanco disecado, con una pata doblada por donde se asomaba el armazón de alambre y el relleno de aserrín, recibía en el vestíbulo. Tras una ventanita una mujer oscura le pasó una llave por tres dólares diarios. Subió por un elevador de rejillas. El calor mezclaba aromas de ropa sin lavar, cocinas improvisadas y gritos en español e inglés.

Se sorprendió al abrir la puerta: la habitación era circular. Dudando de su vista volvió a asomarse al recto pasillo que no anunciaba las curvas interiores.

Entró: una cama redonda al centro, en el techo un espejo ovalado y manchado. Una gran sección del muro era otro espejo agrietado por la mitad. Todo estaba pintado en blanco cenizo con cuadrícula azul. Sonrió al darse cuenta de que semejaba el interior de un iglú. Se asomó al baño con un lado curvo y el otro recto, como una D. Estaba asqueroso. Tenía una ventana con barras. Vio un puente que se partía en dos para dejar pasar a un transbordador.

Arrojó las botas y se quitó las calcetas para tallarlas con jabón. El lavabo sacaba más ruido que agua, ante otro espejo ovalado. Desnuda, entró a la regadera de chorro intermitente. Lavó su ropa interior. La colgó en las llaves. Cuando salió del baño un aroma se colaba desde el pasillo. Salchichas y papas. Su hambre ya necesitaba muy poco para ser provocada y Oralia se bebió media botella de agua.

Sacó su camiseta nueva con el dragón dorado, la puso sobre un banco de madera. Con la toalla húmeda a modo de turbante, se sentó en la cama y se embarró crema en las piernas para extenderla con los dedos. Aplicó crema en sus hombros y brazos con leves rasguños. La toalla se desenrolló y el pelo mojado cubrió su cara, sacudió la cabeza que salpicó un tapete azul marino, bastante roído. Se echó hacía atrás en los cojines.

Contempló su reflejo, una constelación que tenía su forma.

Acalorada en aquel iglú, bebió la otra mitad del agua. Vació la bolsa sobre la cama. Su casete blues. El libro pulpo. La foto gemela. Unos cuantos dólares para otro día de hotel polar. Si tuviera para comprar pintura y pinceles, pintaría a Mallory con un enorme arco sobre aquella pared de hielo falso.

Se durmió mirando la desolada pradera de espejos.

Al día siguiente un bebé lloraba. Su llanto se mezclaba con una lejana sirena de barco. Oralia no quería abrir los ojos pero la terminaron de despertar los gritos de una pareja que peleaba en otro cuarto, por algo que involucraba drogas. Portazos y gritos de otros vecinos molestos remataron la discusión. Oralia se levantó y jaló la sábana que debido al calor había tirado al piso, para envolver la mitad de su cuerpo. Una ventana curva daba a un callejón con cables y postes. Se vistió estrenando su camiseta.

Antes de salir, consultó el libro al azar:

«Porque no se espera nada de sí mismo, sino de otro distinto a uno mismo.»

112

Su *I Ching* particular era sabio.

Por la ventanita le preguntó a la mujer oscura acerca de los bares donde se tocaba música en vivo. Ella sin inmutarse, le juró que toda la ciudad era un bar. Oralia salió a la avenida. Cruzó un jardín triangular. Unos niños jugaban en columpios; otros, en una fuente, se salpicaban con las manos. Caminó por una larga cuadra entre almacenes, donde mujeres orientales atareadas en montacargas ni siquiera volteaban a verla. Parecían autómatas. Olía a pescado. Desde ahí alcanzaba a ver el lago Michigan.

El rugido del metro elevado llamó su atención: *13thn. Station.* Compró un pase para cruzar la ciudad. Mientras viajaba observaba los rostros indiferentes. Cada quien en lo suyo. Buscaba reacciones, alguien que la conociera como si fuera su hermana. Miraba también rascacielos, avenidas, vehículos. No salía de las estaciones, transbordaba y volvía al punto de partida media hora después.

Por la tarde descendió del metro y caminó sin rumbo. Al ver una bandera roja con signos negros en un edificio con columnas se acercó. Anunciaba la exposición temporal de arte oriental en el Art Institute of Chicago. Entrada libre.

En la sala había tabletas de jade negro. Cajas labradas con los *Ocho signos de Fusi, Emperador Amarillo*, que según explicaba una guía multilingüe de aspecto hawaiano, a un grupo de atentos visitantes, era el inventor de la escritura. Unida al grupo, a Oralia le llamó la atención un dibujo en seda de un chino llevando con una rienda a una jirafa, el título: *Tribute jirafee and his guardian. 1420.*

En aquel año, el animal fue llevado en un junco desde África para que un mandarín de la dinastía Ming se convenciera de que no era una fábula. A Oralia, la explicación de la guía se le figuró una de las tantas historias que conocía de Ou Li.

Pero lo mejor de la exposición le pareció una mesa a la salida, con dulces típicos chinos envueltos en papeles morados que se ofrecían de obsequio a los visitantes, y de los cuales no comió más porque un guardia que leía el periódico sentado en una silla la empezó a mirar por encima de las hojas abiertas al ver que no tomaba un solo dulce y se retiraba civilizadamente.

Ella guardó otro puñado en su bolsillo y entonces se fijó en el encabezado del periódico. Anunciaba una gran concentración al día siguiente a las cinco para protestar por la muerte de dos indocumentados en el desierto de Arizona. Inclinó la cabeza para leer. El desconfiado guardia dobló su periódico. Oralia tuvo que salir. Se dirigió a un quiosco de revistas y leyó la noticia. Unos rancheros gringos cazaban indocumentados en macabra diversión, la comunidad méxicoamericana en plena indignación iba a manifestarse a las puertas del Chicago Tribune. Se sentó en la escalinata del museo, miraba la plaza arbolada y comía mazapanes con sabor a frutas. A cada papelito lo convirtió en un pequeño junco morado en fila sobre el escalón.

Debía convencerse de que su hermana no era una fábula, como la jirafa.

Oralia se sentó desnuda en la orilla de la cama. Alzó las tijeritas de la colcha, y después de hacerlas sonar en el aire, separó los muslos y cortó un rizo de vello púbico. Siguió cortando lo más cerca que pudo de la piel. Cuando acabo con los rizos, cortó un haz negro de sus cabellos. Lo dejó caer a la alfombra. Más rápido a cada tijeretazo, pronto dejó varios mechones alrededor. Quedó tusada. Fue al baño con aspecto de pájaro. Llevaba los rastrillos en la mano.

Se metió al chorro de la regadera. Humedeció el jabón para hacer espuma. Olía a jazmín. Rasuró sus axilas, continuó con sus piernas. Doblando un muslo, jalaba sobre su pantorrilla, con las navajas dobles hacia arriba, enjuagaba el rastrillo. Lo tiró ya sin filo, le quitó la protección al siguiente. Con la entrepierna enjabonada terminó de rasurarse el pubis. Lentamente, con cuidado, encorvada para mirarse. Le ardía y de vez en cuando se acercaba al chorro de agua para enjuagarse una gota de sangre en la ingle.

Más espuma y empezó a rastrillar su cráneo. Revisó su cabeza en el espejo del lavabo. Algo todavía no la tenía satisfecha: cubrió de jabón sus cejas arqueadas y las hizo desaparecer de varias pasadas con el tercer rastrillo. Después entró a la regadera para terminar de bañarse.

Volvió al cuarto secándose, aventó la toalla mojada para observarse desnuda en el espejo curvo que la volvía todavía más delgada. Sin pelo ni vello en su cuerpo. Directamente de Aldebarán.

Abrió el frasco de crema y la empezó a extender en todo su cuerpo. La piel del pubis parecía brillar.

Se acostó boca arriba y abrió los muslos para mirarse su sexo de niña en el espejo. Acarició sus pezones. Bajando la mano, rodeó su ombligo para cosquillearlo y sumió el dedo medio entre los pliegues húmedos de su vulva. Sacerdotisa de su propia ceremonia solitaria, el dedo frotaba de manera cada vez más violenta, al girar las caderas. La mano libre acariciaba sus pechos, la llevaba a sus labios, mordía sus dedos. La única música posible era un agudo zumbido. El dedo en su sexo viajaba de norte a sur, de este a oeste, y con ojos entrecerrados miró el firmamento que duplicó su hermoso rostro en la incontrolable convulsión orgásmica.

Permaneció unos minutos así, temblando. Sus ingles y muslos sudaban cuando jaló la sábana y se cubrió.

Al día siguiente, el bebé lloraba de nuevo, los drogadictos se hacían los mismos reclamos, un agudo graznido la ayudó a despertar. Muy cerca de la ventana un halcón agitaba las alas. Oralia se levantó de un solo impulso, palpó su cráneo rapado esperando sentir un suave plumaje, se dio cuenta de que la supuesta ave era, en realidad, un cometa que dos niños elevaban de un hilo en el callejón, aprovechando la corriente entre las construcciones. Regresó a la cama y se dejó caer boca abajo para seguir durmiendo.

Por la tarde, vestida con la camiseta de dragón, jeans y sus botas negras, se comparó con la foto de su hermana. La semejanza era total. De no ser el lunar sobre el labio, y la mirada. Nacidas con poco minutos de diferencia, Alicia tenía más años en sus ojos. Aunque salió del vientre de su madre después de Oralia y, en la lógica de las gemelas, era la menor.

Su otra mitad. Su única familia.

Salió del ruidoso elevador con su bolsa de plástico. No tenía dinero para regresar al Alaska. Únicamente su pase del metro. Fue a la parada más cercana, revisó en un mapa del centro cómo llegar al lugar de la manifestación. Abordó. Al salir de la estación elevada, una mujer sesentona con aliento de ron contaba unas monedas para completar el costo de un boleto. Oralia le vendió el pase por lo que traía la mujer, que se le quedaba mirando a las no cejas, como si fuera su siguiente delirio.

Oralia se acercó a un puesto con sombrilla, para comprarse un *hot-dog* al que le puso el doble de ingredientes. El vendedor de gorrito rosa no se atrevió a protestar. Avanzó a la esquina para leer el nombre de la calle, en ese momento vio a una docena de jóvenes latinos que avanzaban en una sola dirección. Uno llevaba una pancarta pidiendo que detuvieran los asesinatos de ilegales. Ella siguió esa corriente.

En la avenida, más de quinientas personas interrumpían el tráfico y gritaban frente al Chicago Tribune. Otra pancarta decía: *Ser mexicano es mi orgullo*. Oralia se metió entre los manifestantes. Un adolescente con sombrero de charro repartía volantes. De un lado en inglés, del otro en español. Una manifestante de blusa floreada arrojó un pollo muerto a las puertas del periódico. Le aplaudieron.

Cinco mujeres y otros tantos niños extendieron una bandera mexicana enorme, tomada por los bordes la ondeaban ante las ventanas con empleados asomados. Se accionaban cámaras con flashes desde arriba para registrar la noticia. La bandera subía y bajaba como un gran paracaídas. Policías de casco y macana, con chalecos antibalas, montados en caballos con capuchas de lona que sólo dejaban ojos y orejas de los inquietos animales descubiertos, observaban a distancia el acto, desconfiados.

Oscureció rápidamente. La luz de los postes se encendió.

Oralia miraba a cada jovencita que se cruzaba ante ella. Morenas, gordas, delgadas, toda clase de peinados, algunas con la cara pintada en verde, blanco y rojo. Ninguna era su gemela. Al ver a una rapada, corrió hacia ella empujando gente, pero al jalarla del brazo resultó ser muy diferente. La rapada se zafó de un tirón. Los gritos y la fuerza de tantas personas unidas eran una vibración de rinocerontes a punto lanzarse en estampida. De pronto, Oralia se sintió encerrada por codazos y empujones, lo único que deseaba era largarse del centro de la manifestación, avanzó entre las oleadas, se separó de la multitud para dirigirse a una calle lateral.

Tres jóvenes de pantalones anchos y lentes oscuros, con camisetas blancas caminaban por la banqueta divertidos con el suceso al que se aproximaban. Cuando uno de ellos, un albino, la descubrió, sola, le dio un codazo a sus compañeros morenos. Oralia bajó la mirada para seguir su camino, pero el del centro se adelantó para detenerla extendiendo su mano, en su muñeca brillaba una pulsera de oro.

–Me gustas –gritó. Y tronando los dedos, sus amigos la retuvieron por los brazos.

Inmovilizada les preguntó qué deseaban. Un tatuaje en el brazo del joven era una rosa de los vientos. Lo pudo ver antes de recibir un puñetazo en el estómago, mientras la arrastraban a un callejón oscuro. Ella empezó a gritar, los manifestantes ya coreaban la canción mixteca ahogando su voz con la *«inmensa nostalgia invade mi pensamiento»*. El del tatuaje le advirtió que se callara: iba a hacer con ella lo que quisiera, sacó algo del bolsillo trasero del pantalón. Una navaja cuya punta brotó relampagueante. Oralia, desesperada, trató de zafarse, cuando él intentó alzarle la camiseta de dragón con la mano libre. El rubio le exigía que se quedara quieta. El moreno, barba de chivo, le gritó al del tatuaje que ya le arrancara la ropa. Entre el frocejeo y la prisa Oralia recibió un navajazo.

La navaja parecía al rojo vivo cuando la sintió entrar cerca de su ombligo, atravesando la lengua del dragón. Lanzó un grito. El sonido de los cascos de un caballo hizo voltear al albino que se aterrorizó. Un policía montado avanzaba por el callejón. Oralia, liberada de pronto, cayó de rodillas con la navaja clavada. Al escuchar otro grito, el policía espoleó al caballo, hábilmente lanzó su macana y le pegó al del tatuaje que se estrelló contra una cortina de fierro antes de desplomarse. El albino y el de barba escaparon rápidamente, perseguidos por el jinete. Oralia pudo ver unos lentes oscuros en el piso, mientras su vista se nublaba y el metal respiraba en su vientre. La sangre caliente hervía al empapar su ropa.

Escuchó gritos de manifestantes que se asomaban al callejón, silbatos de la policía.

Cerró los ojos, jaló la bolsa rasgada en el forcejeo. El libro estaba en el pavimento, buscó a tientas y lo apretó contra su vientre.

Al abrir los ojos estaba en una ambulancia. Un paramédico le quitó el libro de las manos, lo dejó en una banca. Oralia miraba las páginas que empezaron a sangrar, empapando tan rápido la banca, el piso de la ambulancia, que ella y el paramédico quedaron sumergidos en líquido rojo. Oprimió sus párpados, deslumbrada por la luz rojiza que cubría el cielo.

Gritó tratando de parar el dolor: «¡Alicia, Alicia, Alicia!», como debe hacerse en la magia de las gemelas.

Desnuda, bajo una sábana en un quirófano, Oralia abrió los ojos. La mascarilla plástica le enviaba un aliento que le hacía arder los pulmones. Instrumentos brillantes. Navajas voladoras. Médicos en batas azules con guantes largos de seda para una fiesta. Una naranja en llamas rodaba sobre su vientre. Perdió de nuevo el sentido.

Despertó en un iglú que crecía poco a poco y se convertía en un diamante.

No, era un cuarto de hospital. Tubos de neón en uno de sus brazos. Tendida en la cama de cubos de hielo. Creyó ser su propia madre. En cualquier momento un médico cadavérico iba a entrar para decirle que le quedaban cuatro meses de agonía. Pero una enfermera con uniforme blanco la inyectaba y le hablaba en esquimal. La mujer de pelo rojo bajo el tocado extendía los dedos de su mano ante su cara como señales para sordomudos. Le cambió los vendajes que rodeaban su cuerpo desde el pubis hasta por debajo de los pechos. Venda y gasas con sangre, pomadas y alcohol.

Dolor, su aroma triste de búfalo hembra.

—¿Me van a sacar el esqueleto?, ¿voy a ser una momia?

Su enfermera sonrió profesionalmente y la cubrió con la colcha. Se vio obligada a comer la gelatina más insípida del planeta, a tomarse medio vaso de jugo verdoso. Le puso una inyección en la cadera, menos dolorosa que las punzadas en su vientre.

Durante tres días se repitió la misma acción. Hasta que Oralia logró entender lo que le preguntaba: «¿cuántos dedos ves?» Era una prueba de coordinación. «Siete», bromeó. La pelirroja dijo llamarse Nancy.

Los vendajes se redujeron. Al quinto día un doctor pequeño la revisó y Oralia se atrevió a mirar hacia abajo antes de que Nancy cubriera su cuerpo con la venda. Una cicatriz de tres centímetros, inflamada con suturas aún visibles. Dibujos sobre la arena de su piel.

No soñaba, cerraba los ojos en la penumbra y al abrirlos desaparecía la noche por la ventana alta, con nubes de diferentes formas. El calor era apenas mitigado por el aire acondicionado, las paredes transpiraban.

Una solemne trabajadora social, con tipo de hindú y lentes, la visitó una mañana. Usaba un traje de lino, se presentó como Dorothy Deutchler, en la mano sostenía una libreta, le pidió sus datos.

Oralia declaró llamarse Leslie Corrigan, su mamá era una famosa surfista de California, ahora retirada en el desierto donde desarrollaba una técnica para deslizarse con su tabla sobre las dunas, segura de que los mares iban a secarse en poco tiempo por una sequía. Su hermanita Kathy Ann la estaría esperando para terminar un rompecabezas lleno de gatos.

No recordaba en qué desierto. Su memoria estaba incompleta.

Por la tarde Dorothy regresó. La trabajadora social estaba sorprendida, efectivamente, la campeona surfista al principio de los noventas era una tal Corrigan. Sólo que Oralia recordó haber llegado desde Arizona, donde vivía en una reservación de navajos. Pertenecía a la tribu Halcón. Nansipu, era el hombre medicina, y además su abuelo. Ella estaba predestinada a ser la primera mujer navajo que curaría con pinturas de arena, lo cual iba a trastornar todas sus costumbres. Así que el búfalo nocturno, enemigo de su abuelo, le había robado la memoria.

Ahora recordaba que su nombre era Girasol.

Dorothy volvió al día siguiente, intrigada. En Internet comprobó que en la zona llamada del Desierto Pintado, Arizona, existía la reservación de los halcones. Oralia caminaba con ayuda de Nancy, dando unos cuantos pasos junto a la cama como terapia médica, le pidió a Dorothy que ni intentara comprobar sus versiones anteriores. Se acordaba de todo. Ella era en realidad la señorita Wu. Había escapado de un fumadero de opio en el Chinatown de San Francisco, donde su tío, después de drogarla y violarla a los trece años la obligaba a prostituirse.

Nancy escuchaba divertida las invenciones de la paciente. Molesta, Dorothy se acomodó los lentes, le exigió datos reales o lo único que lograría apenas la dieran de alta, es que la patrulla fronteriza fuera a arrestarla para devolverla a México. Según el médico pequeño ya estaba fuera de peligro; al otro día la reportaría como ilegal y vendrían por ella.

Oralia le contó con calma que su gemela la había tratado de matar y ella había decidido convertirse en cantante de blues para penar por el mundo con ese terrible dolor.

Dorothy cerró su libreta y salió indignada.

Con ayuda de la enfermera, Oralia se recargó en la almohada y exclamó:

—¡No entiende que estoy metida en el día perdido de Ou Li y debo cambiarlo con mis cuentos!

Nancy preguntó acerca de ese Ou Li. Ella le dijo que era un emperador que mientras copiaba el *I Ching* en un rollo de seda lila, comía en platos de oro que después se tiraban al mar para que nadie los volviera a usar.

—Igual que aquí —comentó la enfermera.

Oralia le contó una leyenda. Después de pasar un día muy contento, el gran mandarín ordenó a su primer ministro repetirlo. Se tuvo que organizar todo para que desde el sirviente que lo despertó, hasta las concubinas que lo bañaron, dijeran las mismas palabras e hicieran los mismos gestos y movimientos. Los saltimbanquis entraran a la misma hora al salón del trono, ejecutando los mismos saltos. Que el poema que improvisó el cronista real se volviera a improvisar. Nada de eso fue difícil. El problema fue lograr que un gato saltara a las rodillas del emperador cuando Ou Li, sentado en un cojín, contemplaba su huerto de duraznos, ya por la tarde de ese día gemelo. El imprevisible gato prefirió corretear mariposas. Entonces, el emperador mandó decapitar al primer ministro y al gato. Decretó que ese día se había perdido para siempre y se tuvo que alterar el calendario. Ella se sentía atrapada en ese día repetido al infinito. Nancy sonrió, asegurando que la vida era así. Un día repetido. Bastaba con ver a su marido frente a la televisión.

Oralia le pidió prestado algo para maquillarse. Nancy fue por su estuche de cosméticos, se lo dejó. Oralia se pudo ver en el espejo. El pelo le había crecido medio centímetro, las cejas no aparecían, estaba en verdad pálida. Revolviendo en la bolsa encontró lápiz delineador, trazó lo mejor que pudo las cejas y las corrigió con el dedo índice ensalivado. Se pintó los labios de magenta. Usó corrector blanco para borrarse su lunar sobre el lado derecho de su boca, y se dibujó otro lunar del lado izquierdo, como lo tenía Alicia. Sentía que se ponía otra cara que, sin embargo, era la misma.

Pensaba en viajar a Arizona, por Mallory, llevarlo a Tampico, ponerle flores a la tumba de su madre. Harían una pintura de arena de playa sobre la lápida. Pondrían los nombres de Nemi y de sus nietas para que se acompañaran. Seguirían su viaje a México, presentaría al navajo con el señor Wu. Platicarían de sus ritos. La Gran Tortuga, el Buda de jade, los cuervos y los dragones. Mientras tanto, Oralia, con pinceles y pinturas decoraría las paredes del café Ou Li, ilustrando lo que escuchara. Iría por su gato Esfinge, para recrearlo correteando mariposas de fuego. Haría escuchar a sus amigas meseras el disco de su hermana cantando blues para divertirse con la cara de Vicky, pues todo eso le iba a parecer imposible.

Cuando Nancy regresó por su bolsa de cosméticos la felicitó. Si quería arreglarse era un signo de querer curarse.

–A mí me curó la «mujer que cambia», fui remodelada.

La enfermera revisó la cicatriz.

–Lo seguro es que las suturas ya no se van abrir.

Se le quedó mirando a Oralia un rato. Entonces sacó un billete de cien dólares, para dejarlo sobre la colcha.

–Dorothy te va a mandar a la migra, es su diversión. En el *locker* están tus cosas, saliendo, del lado derecho las escaleras de emergencia. Es hora de comer, así que difícilmente te encontrarás con alguien. Yo por mi parte ya no estoy de turno.

Nancy se retiró, dedicándole su mejor sonrisa profesional.

La bondad de los extraños.

Oralia esperó varios minutos antes de levantarse. Abrió un *locker* que estaba en la esquina. Encontró sus pantalones manchados, la camiseta desgarrada donde había entrado la navaja. Sus botas. El libro de páginas rojizas, el disco compacto, la foto. En el bolsillo de la chamarra palpó el casete de blues. Se quitó la bata abierta por detrás para vestirse lentamente pues no podía doblar el cuerpo sin dolor.

Al meter la foto en el libro manchado de sangre, encontró la primera frase que se le había ocurrido subrayar. La acomodó para ella en voz alta:

–Para creer en una misma, nada más necesitas haber tenido una visión negra de ti.

Al asomarse al pasillo vio una serie de puertas cerradas, se escuchaban voces con eco. Avanzó para el otro lado. Flechas rojas indicaban el camino. Abrió donde decía *emergency stairs* y vio la espiral de escalones. No menos de seis pisos. Arrastrando la pierna izquierda empezó a bajar poco a poco. Tres niveles más abajo, se detuvo. La herida le punzaba. Sentada en un escalón retomó el aliento. Siguió descendiendo.

Llegó a un lugar con máquinas que zumbaban y tuberías que crecían como enredaderas. Entreabrió un portón deslizante, cruzó un patio de servicio con tambos de basura y una ambulancia estacionada. Desde ahí se veía una calle solitaria. Caminó junto a una alambrada sobre la zona de pasto, pudo doblar una sección de la malla que ya se había desprendido, para arrastrarse y salir del lado de la acera. Bardas y un automóvil oxidado sin puertas, cubierto de grafiti.

Se alejó del hospital hasta llegar a una avenida con tráfico pesado. Débil y cansada se sentó en una banca de aluminio con techo de acrílico. Miró el mapa de la zona con la flecha de *You are here*. Estiró la pierna adolorida. Las punzadas disminuyeron.

Sobre el acrílico del mapa alguien había rayado un

mensaje con caligrafía de huellas de pájaro; y no se entendía. Se acordó del cuervo tallado en la madera con su compás de la secundaria. Cuando su mamá veía volar a uno de esos pájaros negros hacía la señal de la cruz, les decía que eran los caballos de las brujas. Pero según Nansipu habían ayudado a crear al mundo.

Un emplumado caballo de bruja había pasado encima de ellas la noche del desastre, siete años atrás. Las gemelas habían entrado a la cantina donde una placa indicaba que ahí había filmado Humphrey Bogart *El tesoro de la Sierra Madre*. Tenían veinte años y veinte pretendientes cada una, pero Alicia se había enamorado de uno, ya sin nombre. Al no encontrarlo, Alicia se fue al primer turno en el puesto de fayuca. Eran las siete de la noche y Oralia se quedó con sus locas amigas: Pamela, Claudia y Gabriela, más o menos de su edad. Entonces llegó el hermoso marino que había enloquecido a su hermana. Las tres amigas animaron a Oralia a hacer lo más fácil del mundo, suplantar a su gemela.

A ella no le parecía tan guapo, pero jugó a ser Alicia, así que terminaron en la playa, trepados en las rocas del malecón, bebiendo vodka y haciendo el amor. Regresó a su casa, se bañó para tomar el turno de la medianoche en el puesto.

Era un día antes de Navidad.

A las tres de la mañana, entre clientes, vendedores, música y focos con los colores del arco iris, vio un rostro furioso. Era ella misma, dispuesta a una venganza, de lo cual no tuvo dudas al verla tomar de un puesto de herramientas una navaja de muelle. Oralia corrió asustada entre columnas de fierro y arcos estilo Nueva Orleans de la plaza, seguida por su doble.

De pronto empezó a reír. Aquello era ridículo. Se regresó y la trató de detener por los hombros; pero Alicia lanzó un navajazo al aire con su mano izquierda y Oralia le pegó con ambas manos en el brazo. La navaja cayó al pavimento. Ambas se tiraron tratando de alcanzarla.

–¡Vas a terminar de puta, igual que mi mamá! –gritó Alicia.

Aquello enardeció a Oralia. Así les decían de niñas en el colegio: hijas de marinero, hijas de puta de puerto. Nunca habían oído nada de su padre ni sabían quién había sido. Así que ganó la navaja y decidió sacrificar a su doble, clavando el filo en el lado izquierdo del ombligo. Alicia se retorció de dolor, entre gritos de mirones. Oralia sintió que alguien la levantaba de un tirón por el cabello. Se logró liberar para correr por las calles empinadas.

Sin detenerse llegó a un muelle abandonado, jadeante; contempló las luces de los barcos anclados al otro lado y los odió uno por uno, con sus banderas extranjeras.

Volvió a la casa de vecindad, empujó la puerta con el cuervo tallado. Bajo el techo de lámina se miró ante el espejo del ropero, tenía el vestido manchado de sangre, también su mano derecha. Temblando, empezó a llorar. Con náusea se alzó la ropa, buscando la herida cerca de su ombligo, como si ella se hubiera clavado la navaja a sí misma. Se sorprendió de no hallarla. Arrodillada empezó a vomitar.

En la madrugada llegó su mamá del hospital, la desnudó y la bañó en la tina, con una suave esponja, como no lo había hecho desde niña. Le dijo en el tono más tierno que Alicia iba a recuperarse. Ya había arreglado el asunto con la policía. Su madre le preparó una maleta para llevarla a la central camionera. Le compró un boleto para México y dándole dinero, le pidió que no volviera nunca. Oralia subió al autobús con la sensación de ir al cadalso. Se asomó por la ventanilla para decirle «por favor».

Quería decir: «No me corras, no me exilies en Aldebarán, aunque sea la más bella estrella». Y pasó siete años en un meteorito sumergido hasta el fondo de un lago, en una constelación de foquitos muertos de un túnel del metro, en la placenta de un mapa olvidado, esperando nacer.

Ahora estaba *here,* en Chicago. Un suave zumbido llegaba a sus oídos por encima del sonido de los vehículos que pasaban ante ella. Lo conocía, sólo podía ser un bajo lejano. Un *beat* de batería lo acompañaba. La resonancia llegaba a su oído.

Se levantó, y se dejó guiar hacia la zona de bodegas por una calle empinada. El lago Michigan, enorme como un océano, remataba al fondo de la cuadra. La música de blues sonaba clara tras unas planchas de hierro. Le pareció ver entrar a un gato negro con una oreja blanca. Recargó el peso de su cuerpo en la puerta y abrió lo suficiente para meterse al interior.

La música latigueaba su cuerpo con un suave dolor en el vientre. Enormes paneles acústicos acolchonados y amplificadores rodeaban a una banda que acometía en tres notas esa atracción inventada por las sirenas, según le había contado a Oralia su hermana.

El blues, según Alicia, era canto de sirenas.

Entre compás y compás, el baterista negro la alcanzó a ver, le hizo una seña con la baqueta para que cerrara la puerta. Un negro delgado, con gorra inglesa de visera sobre su pelo blanco, tocaba un violín eléctrico azul turquesa.

Descubrirlo le provocó un efecto electrizante a la piel de Oralia, penetró hasta sus huesos. Se sintió mareada. No podía ser Papa John Creach, tenía años de muerto...

A menos que hubiera cambiado su nombre para desaparecer y dedicarse a tocar en el anonimato con sus amigos. Tal vez había estado en otra galaxia y regresaba del exilio, igual que ella.

Una criatura soñada por un cristal de los que podían hacerte brotar otros ojos si te los sacaban.

Quizá había recibido la gracia divina de Dios Lee Hooker para retorcerle las tripas a los gatos, otro siglo más con ese instrumento inventado por el diablo, que mecía a Oralia interpretando *The Healer*.

Un tragaluz dejaba pasar líneas sesgadas sobre los músicos que cantaban para celebrar a una mujer cruel, un corazón roto, un hogar demasiado lejano.

El violín azul se movía como pez en la luz ámbar. El sax era un jaguar herido. Una vez que el negro violinista terminó de desgarrar las fibras de su arco en su solo, los otros músicos remataron el tema con relámpagos en acordes de piano. Contentos por la ejecución, sin descolgarse la guitarra y el bajo, dos músicos bebieron de sus vasos algún licor.

Papa blues, si es que era él, o su gemelo, revisó algunas partituras en un atril. Descubrió a la jovencita que lo observaba con veneración, recargada en un panel. Le preguntó si se le ofrecía algo. Oralia quedó inmóvil un momento, ahora seis músicos negros miraban divertidos a la intrusa en espera de una respuesta.

El blusero le indicó con el arco del violín que se acercara. Ella dio unos pasos tímidos. Metió la mano en el bolsillo de su chamarra, buscaba la caja del casete, pero sin saber por qué, decidió pasarle la foto Polaroid que sacó del libro rojo. Le pidió su autógrafo. «Claro», aceptó el violinista. Solicitó una pluma, el pianista se la dio.

Después de posar su instrumento sobre el estuche, como una frágil mantarraya, observó la foto. Luego le preguntó su nombre. Lo dijo tan bajo que el músico no la oyó la primera vez.

–Oralia... –susurró.

Y cuando el sonriente violinista se inclinó para escuchar mejor, señalando su oreja, ella sintió que aquel era el tranquilo día en que el gato saltaba al regazo del emperador, el tiempo en que Mallory encontraba el arco más grande del mundo para devolverlo a los suyos, y su madre la bañaba pasando una esponja por su cuerpo de niña pequeña, borrando la herida en su vientre.

Sonrió también con su nueva cara luminosa:

–Alicia..., me llamo Alicia.